N & K

Ulrich Knellwolf

Der liebe Gott geht auf Reisen

Weihnachtsgeschichten

Nagel & Kimche

3 4 5   08 07 06 05

im Carl Hanser Verlag München Wien
Herstellung: Meike Harms und Hanne Koblischka
Satz: Filmsatz Schröter
Druck und Bindung: Friedrich Pustet
Printed in Germany
ISBN 3-312-00345-8

Drei Könige ihrer Branche

Im Osten waren sie aufgebrochen, die drei älteren Herren, Meister ihres Fachs, die Kings der Branche. Chasp fuhr im grünen Jaguar von seinem Weingut in der Bündner Herrschaft nach Zürich, Melk im roten Lamborghini von seinem Gestüt im Thurgau und Balz im cremefarbenen Rolls aus seiner schlossähnlichen Villa mit Rundsicht über den Bodensee. Seit über einem halben Jahrhundert kannten sie einander, seit Jahrzehnten arbeiteten sie zusammen, seit Jahren jedoch beschränkten sie sich auf eins, höchstens zwei ihrer Bravourstücke pro Jahr. Letztes Jahr der Raub im Hauptsitz der Nationalbank, der erst nach zwei Tagen bemerkt wurde, vorletztes Jahr die lautlose Entfernung der Holbeinmadonna in Solothurn und so fort, eine glänzende Perlenreihe. Der Coup in den Tagen vor Weihnachten war eine liebe, alte Tradition. Keiner von ihnen hätte ihn missen mögen.

«Ich fürchte, die schweizerischen Polizeicorps wären höchst beunruhigt, wenn er ausbliebe», sagte lächelnd Melk, als sie am Vorabend unter den Augen von Varlins Mutter Zumsteg standesgemäß in der ‹Kronenhalle› speisten. Er logierte im Grand Hotel Dolder, Chasp im Hotel Baur au Lac, Balz im Hotel Eden, ebenfalls au Lac.

«Letztes Jahr haben sie in der Kurdenszene gesucht», kicherte Balz in sich hinein.

«Vorletztes Jahr vermuteten sie Südostasiaten», fügte Chasp nicht minder vergnügt hinzu.

Die Behörden auf eine falsche Fährte zur Herkunft der Täter zu locken, war eine ihrer Spezialitäten. Dazu übten sie ausländische Akzente, verwendeten ausgesuchte Accessoirs und eigneten sich charakteristische Techniken an. ‹Ethnolook› nannten sie es unter sich. Dieses Jahr war Russenmafia angesagt. Im Visier hatten sie eins der berühmten Juweliergeschäfte an der Zürcher Bahnhofstraße.

«Alles bereit?», fragte Melk in der ‹Kronenhalle› und roch an einem paradiesischen alten Cognac.

«Alles bereit», bestätigten die beiden andern.

«Dann also toi, toi, toi für morgen.»

Melk, ganz der Herrenreiter in exquisiten englischen Stoffen, bestieg am Bellevue ein Taxi. Chasp, in erstklassigem bayerischem Lodengrün, schritt selbstzufrieden über die Quaibrücke, und Balz, Mailänder Herrenmode bevorzugend, sagte, er nehme bis zur übernächsten Station das Vierertram.

Es war gegen drei Uhr am folgenden Nachmittag, als der Lieferwagen der Sicherheitsfirma sich einen Weg durch die dichte Menge der vorweihnachtlich kauflustigen Fußgänger auf der Bahnhofstraße bahnte und direkt vor dem Juweliergeschäft stehen blieb. Heraus stiegen drei Männer in blauen Overalls mit aufgedrucktem Firmenlogo auf dem Rücken, mit blauen Mützen auf dem Kopf, und verfügten sich, Reparaturkoffer tragend, eilig ins Geschäft.

«Ihre Alarmanlage ist nicht in Ordnung», sagte der erste der Männer in gebrochenem Hochdeutsch, aber in bestimmtem Ton zum Geschäftsführer und ließ sich ins Büro führen. Kaum schloss sich die Tür hinter ihnen, räumten die zwei andern wieselflink in kleine Jutesäcke zusammen, was in Schaufenstern und Vitrinen lag.

«Was tun Sie da?», fragte eine Kundin empört. Die Verkäuferin drückte wortlos, wie sie es gelernt hatte, den Alarmknopf und hoffte auf die Polizei.

Das Ganze dauerte weniger als drei Minuten. Kein lautes Wort, kein Schuss, keinerlei Gewalt. Nur, dass der eine der Räuber mehrmals «Towarischtsch» zum andern sagte, registrierten die später vernommenen Zeugen. Dann kam der Geschäftsführer zurück, gefolgt vom ersten der drei Männer.

«Alles in Ordnung», sagte dieser in seinem fremd klingenden Deutsch. «Muss ein Fehlalarm gewesen sein.»

Bei dem Stichwort «Fehlalarm» hasteten die drei Männer aus dem Geschäft und in den Lieferwagen.

«Was soll denn das?», fragte ahnungslos der Geschäftsführer.

«Überfall!», kreischte eine Kundin. Die Verkäuferin drückte immer noch auf den Alarmknopf und sah aus, als werde ihr jeden Augenblick schwarz vor den Augen.

«Haltet den Wagen an!», schrie der Geschäftsführer,

rannte hinaus und stellte sich vor das Auto. Doch am Steuer saß keiner und der Wagen stand still. Als fünf Minuten später die Polizei eintraf und den Lieferwagen untersuchte, fand sie ihn leer, bis auf drei Overalls mit aufgedrucktem Firmenlogo, drei blaue Mützen, dazu eine russische Zeitung.

«Die Kerle haben die Verkleidung abgestreift und sind auf der andern Seite wieder hinaus. Offenbar Russen. Kann jemand brauchbare Angaben über ein Signalement machen?» Blaue Overalls mit Firmenlogo, blaue Mützen, Hochdeutsch mit Akzent, «Towarischtsch» und schwarze Schnauzbärte, lautete die einhellige Auskunft.

«Wissen Sie», ergänzte eine Zeugin, «so wie Stalin einen hatte.»

«Ich sag's ja: Russen», nickte der Polizist.

Derweil spazierten drei ältere Herren gemächlich durch die Bahnhofstraße, jeder mit der Tragetasche eines exklusiven Geschäfts in der Hand und darin ein paar Jutesäcklein. Der zweite der beiden Herren schien erkältet zu sein, denn er musste sich schnäuzen. Als er das Schnupftuch aus der Hosentasche zog, fiel ein dunkler Gegenstand auf die Straße. Nummer drei hinter ihm bückte sich danach und überholte den zweiten. «Vorsicht», flüsterte er, «du hast deinen Russenschnauz verloren.»

Im Hotel St. Gotthard setzten sie sich wie zufällig an einen Tisch.

«Hat ja wieder wunderbar geklappt», sagte Chasp.

«Wenn ich's so überschlage, müssen es mindestens zwei Millionen sein.»

«Aber fünfzehn Sekunden, bis Overalls, Mützen und Schnäuze weg und die Mäntel an sind, ist zu lang. Wir müssen intensiver trainieren», meckerte Melk.

«Wir sind nicht mehr die Jüngsten, solltest du bedenken», erwiderte Balz.

«Was man in der Rekrutenschule gelernt hat, bleibt einem bis an sein Lebensende», beharrte Melk.

«Gehen wir», sagte Chasp. «Um acht Uhr Abendessen im Königstuhl. Der Tisch ist reserviert.»

Als hätten sie nichts miteinander zu tun, bummelten sie Richtung See. «Nimmt mich wunder, wie es vor dem Geschäft jetzt aussieht», hatte Balz noch gesagt und den Juwelier gemeint. Auch der still triumphierende Spaziergang am Tatort vorbei war eine Gewohnheit, die sie nicht hätten missen mögen.

Auf der Höhe des Pestalozzi-Denkmals kam ihnen auf Motorrädern die Polizei entgegen. Melk, der zuvorderst ging, wandte sich um. Die zwei andern taten desgleichen. Auch hinter ihnen war Polizei. Da verlor Melk die Nerven. Er stiefelte, so schnell es seine alten Knochen erlaubten, über die Wiese auf das Globus-Gebäude zu, gefolgt von Chasp und Balz. Vor dem Globus standen zwei Lastwagen und am Eingang des Warenhauses hatte sich ein halbes Dutzend Nikoläuse aufgestellt. Die nahmen von den Leuten Päcklein und Pakete und Säcke entgegen. Melk streckte, als wolle er sie möglichst schnell loswerden, einem der Nikoläuse seine Tragetasche hin, Chasp und Balz ebenso. Der Nikolaus rief: «Als Schlussbouquet noch drei Tragetaschen mit vier, sechs, sieben, acht Nikolaussäcken. Besten Dank den edlen Spendern.»

Sie durften nicht rennen, wenn sie nicht auffallen wollten. Sie hörten eine Verkäuferin sagen: «Die Polizei gibt dem Transport das Geleit.» Da blieben sie stehen und sahen sich um. Sie lasen das große Transparent, das zwischen den Lastwagen aufgespannt war. ‹Weihnachtshilfe für Tschernobyl› stand in großen Buchstaben darauf. Unter dem Transparent hatte sich der schönste aller Nikoläuse aufgestellt: «Liebe Spender», brüllte er ins Mikrophon, «wir danken Ihnen, dass Sie unserem Aufruf gefolgt sind und sich an der Weihnachtsaktion beteiligt haben. Sie haben uns über fünfhundert Päcklein und Nikolaussäcke gebracht. Wir werden dafür sorgen, dass sie an Weihnachten in den Händen der Leute von Tschernobyl sind. Wir danken Ihnen in ihrem Namen schon heute für Ihre Großzügigkeit. Und hiermit sage ich: Motoren anlassen und gute Fahrt!» Die Motoren brummten und, eskortiert von zwei Polizeimotorrädern vorne und hinten, setzten sich hupend und unter dem Applaus der Zuschauer die beiden Lastwagen in Bewegung. Melk, Chasp und Balz sahen zu, wie sie langsam in der Beatengasse verschwanden.

An diesem Abend, als drei ältere Herren im ‹Königstuhl› nach dem Dessert einen Cognac schlürften und eine Monte Cristo anzündeten, sagte der eine: «Ich muss zugeben, dass mich noch keine einzige unserer Weihnachtsaktionen so befriedigt hat wie die heutige. Wahrhaft meisterlich. Wir sollten uns überlegen, ob wir in Zukunft nicht jedes Mal ... also, die Sache in diese Richtung, na ja, ihr wisst schon, was ich meine.»

Worauf die andern beiden nickten und glückliche Gesichter dazu machten.

Die Geschichte vom Ochs und vom Esel

Im Stall von Jakob Ben Levi, Viehhändler und Wirt in Bethlehem, stand seit drei Tagen ein Ochs, und heute kam ein junger Esel dazu.

Der Ochs war alt. Früher hatte er gewaltige Kräfte gehabt. Das sah man ihm auch jetzt noch an. Aber mit den Jahren waren die Kräfte weniger geworden, und der Viehhändler hatte den Ochsen für einen billigen Preis von seinem Besitzer übernommen. ‹Wenn ich einen Käufer für ihn finde, mache ich das Geschäft; wenn nicht, dann wandert er zum Metzger›, hatte der Viehhändler gedacht. Der Ochs wusste, dass das sein Schicksal war. Aber dass es so schnell kommen werde, hatte er doch nicht geglaubt. Er war enttäuscht von der Welt und vom Leben und hatte eine schlechte Laune. Dazu war es auch langweilig, so allein im Stall.

Als der Viehhändler am Nachmittag den jungen Esel brachte und neben dem Ochsen anband, war der Ochs deshalb gar nicht erfreut. Er wollte gerade ein Mittagsschläfchen machen, doch der junge Esel konnte keinen Augenblick still stehen. Bald klopfte er mit den Hufen auf den Boden, bald raschelte er mit dem Stroh; er warf sich hin und stand sofort wieder auf, oder er wieherte lustig etwas vor sich hin.

‹Ein wahrer Esel; der hat den richtigen Namen›,

dachte der Ochs und versuchte noch ein wenig zu schlafen. Aber der Esel ließ ihm keine Ruhe.

«Wie heißt du?», fragte er, wartete aber nicht auf die Antwort. «Ich bin ein junger Esel, wenn du weißt, was das ist», sagte er.

«Und ob ich das weiß», sagte der Ochs.

Doch der Esel hörte es gar nicht. «Ich bin vorübergehend hier. Der Händler will mich weiterverkaufen, und ich werde bestimmt einen guten Preis einbringen.»

In diesem Augenblick kam der Stallknecht herein, ein jähzorniger Kerl. Er sah, dass der junge Esel alles Stroh auf die Seite getreten hatte, und wurde wütend.

«Du junger Lümmel, ich will dich schon lehren», schrie er, nahm einen Besen und schlug auf den jungen Esel ein. Der junge Esel wieherte vor Schmerz. Der Ochs daneben schaute ruhig eine Weile zu, und als es ihn dünkte, der Esel habe jetzt genug bekommen, gab er mit einem Hinterbein dem Stallknecht einen Tritt, dass dieser in den Graben fiel.

Der junge Esel klagte. «Immer müssen wir Esel herhalten. Man tut so, als wären wir die letzten von allen Tieren.» Und er weinte bitter.

«Nimm's nicht tragisch», sagte der Ochs. «Mir geht's auch nicht besser.»

«Danke für die Hilfe», sagte der junge Esel noch. Dann legte er sich hin und schlief ein.

Gegen Abend war vor dem Stall ein Kommen und Gehen.

«Was ist los?», fragte der junge Esel.

«Es soll viele Leute in der Stadt geben. Ich habe etwas von einer Volkszählung gehört», sagte der Ochs.

«Werden wir auch gezählt?», fragte der Esel.

«Vergiss es, wir sind viel zu unwichtig», sagte der Ochs.

«Uns nimmt man nie wichtig», brummte beleidigt der Esel.

Es war schon spät, als die Tür zum Stall aufging. Eine Frau wurde hereingetragen, die ein Kind bekam. «Hier könnt ihr sein», hörten Ochs und Esel den Wirt und Viehhändler sagen.

Kaum war das Kind auf der Welt, und kaum war es in die Krippe gelegt, aus der sonst die Tiere fraßen, da wurde es hell im Stall.

Der junge Esel war ganz aufgeregt. «Schau», sagte er zum Ochsen, «schau den großen Stern, man sieht ihn durch das Dach. Von ihm kommt das Licht.»

Aber sie hatten nicht lange Zeit, sich über den Stern zu wundern. Jetzt ging es erst richtig los. Die Tür flog auf, und herein drängte eine ganze Schar junger Hirten. Die älteren blieben in der Tür stehen und wagten sich nur langsam herein. «Das ist der neugeborene König!», rief einer der Hirten.

Der alte Ochs lachte auf den Stockzähnen. «Das soll ein König sein? Seit wann wird ein König in einem Stall geboren und in eine Futterkrippe gelegt?»

«Das ist der Heiland Gottes für uns Menschen, der Messias», rief ein anderer Hirt.

‹Das wird ja immer besser›, dachte der Ochs. Der junge Esel konnte gar nichts mehr denken. Er staunte nur noch über das, was er hörte und sah.

Aber es war noch lange nicht Schluss. Als viele der Hirten schon wieder gegangen waren, wurde das Licht des großen Sterns über dem Stall noch heller. Und herein kamen drei Könige in prächtigen Gewändern, mit glitzernden Schachteln und Büchsen in den Händen. Der Ochs musste blinzeln, so sehr blendete ihn der Glanz. Die Könige gingen zu der Krippe, hinter der die Eltern standen, und knieten vor dem Kind in der Krippe nieder.

«Du bist der König aller Menschen. Du bist der, den Gott gesandt hat», sagten die Könige. «Du bist der Retter der Welt.»

Sie sagten noch vieles und blieben noch lange. Sie überreichten kostbare Geschenke. Der Ochs und der Esel schauten zu. Und als die Könige endlich gegangen waren, da sagte der Esel: «Das hätte ich nicht gedacht, dass ein König, und erst noch der König aller Menschen, bei dir und mir im Stall auf die Welt kommt.»

«Ich hätte das auch nicht gedacht», sagte bedächtig der Ochs.

«Du», fuhr der Esel fort, «wenn der König der Welt bei uns geboren wird, dann ist es doch auch unser König, nicht nur der der Menschen. Wenn Gott seinen Heiland in die Welt schickt, dann ja auch zu uns, nicht nur zu den Menschen. Wir waren als Erste im Stall dabei. Weißt du, vielleicht ist es nicht so schlimm, die letzten Viecher zu sein – wenn dieser König zu uns kommt.»

«Am Ende hast du Recht», brummelte der Ochs und war erstaunt, was für gescheite Gedanken doch diesem dummen Esel in den Sinn kamen. Aber er musste zugeben, dass ihm ganz Ähnliches durch den Kopf gegangen war. Da fiel doch von diesem König auch ein Glanz auf sie beide, auf den Ochs und den Esel. Und das war dem alten Ochsen in seiner Enttäuschung über das Leben ein Trost. ‹Wenn der Heiland zuerst zu uns Tieren kommt, dann hat uns Gott nicht vergessen. Dann sind wir ihm lieb und wert. Und dann wird er auch mich nicht vergessen, selbst wenn es zum Metzger geht.› Und um das Maul des Ochsen spielte plötzlich ein Lächeln. ‹Es ist schön›, dachte er, ‹dass ich das erlebt habe.›

Das Kind und die Eltern schliefen schon in dem Stall. Es war ruhig geworden. Auch der junge Esel war müde und schlief. Und der Ochs wollte sich gerade daranmachen, auch ein Auge voll Schlaf zu nehmen, da hörte er plötzlich eine Stimme. Und als er seine Augen anstrengte, sah er neben dem Vater des Kindes einen Engel stehen. Der flüsterte dem Vater ins Ohr: «Steh auf. Ihr müsst fort.» Mehr hörte der Ochs nicht.

Aber auf einmal war auch der Wirt und Viehhändler wieder da. Ein Handel wurde geschlossen, und bevor man recht hingeschaut hatte, wurde der junge Esel geweckt, ein Sattel wurde ihm aufgeschnallt und die Frau mit dem neugeborenen Kind darauf gesetzt.

Der Esel freute sich. «Nach Ägypten soll es gehen», sagte er zum Ochsen. «Da werde ich viel Neues sehen. Leb wohl!»

Der Ochs schaute dem jungen Gimpel nach. «Leb wohl», rief auch er. Und er dachte: ‹Und wenn's ans Sterben geht, dann kann ich jetzt sogar sagen: Stirb wohl und getröstet.›

Die Abreise nach Ägypten war sehr überstürzt, eine Flucht. Der Ochs dagegen wurde traurig Zeuge des Gemetzels, das der König Herodes in Bethlehem anrichtete. Aber er dachte: ‹Für diese Opfer ist der Messias gekommen.›

Wir wollen nicht lang und breit erzählen, was der junge Esel in Ägypten alles sah. Bald ging die Reise wieder zurück, aber nicht mehr nach Bethlehem, sondern nach Nazareth, wo Maria und Joseph wohnten. Doch der Esel blieb nicht mehr lang bei ihnen. Der Zimmermann Joseph konnte sich einen Esel eigentlich gar nicht leisten. Darum verkaufte er ihn an einen Händler, und der Esel kam auf vielen Umwegen nach Jerusalem, in die Hauptstadt.

Dort lebte er das Leben eines Esels, wie es eben so ist. Er, der eine Sie war, gebar kleine Esel; dann wurde er alt und älter. Und schließlich kaufte ihn, zusammen mit dem jüngsten seiner Kinder, ein Bauer in Bethanien. Der Esel war jetzt dreißig Jahre alt – ein hohes Alter. Und er dachte manchmal, wie das wohl sei mit dem König der Menschen, den er nach Ägypten getragen hatte. ‹Ist nichts aus ihm geworden?›

Da kamen eines Tages zwei Männer zu seinem Meister, Leute aus Galiläa, das hörte der Esel sofort am Dialekt. Sie wollten einen Esel für ihren Herrn. Und der Meister gab ihnen zwei mit – die alte Eselin und ihren Jüngsten. Als der Esel den erblickte, den er nach Jerusalem tragen sollte, erkannte er ihn natürlich nicht. Aber dann hörte er den Namen. Und er sah den Jubel der Leute in Jerusalem. Da wusste er: Er trug seinen König, den Heiland der Menschen und der Tiere.

Er wurde dann wieder zurückgebracht mit seinem Jüngsten. Und er hörte, der König sei hingerichtet worden, an einem Kreuz. Und da kamen ihm wieder die Gedanken von damals im Stall von Bethlehem. ‹So muss es wohl sein, wenn ein König zu den Schwachen und Armen kommt. Er muss selber schwach und arm sein.› Der Esel fühlte sich jetzt selber schwach, in seinem Alter. Er dachte an den alten Ochsen im Stall von Bethlehem – und hatte Freude und Trost wie jener. Und er mochte es wohl glauben, als es hieß, Gott habe diesen Jesus von den Toten auferweckt, und er regiere jetzt mit seiner Liebe die ganze Welt. ‹So muss es sein›, dachte der Esel und war zufrieden.

Hört doch die Weihnachtsgeschichte

Am Tag vor dem Heiligen Abend ging Melchior, Pfarrer an der Predigerkirche, in die Stadt, um das Weihnachtsgeschenk für seine Frau zu kaufen. Etwas Goldenes sollte es sein.

An der Bahnhofstraße lief ihm Kaspar über den Weg, ein alter Bekannter, Psychoanalytiker von Beruf.

«Auch im weihnächtlichen Einkaufsstress?», stichelte er. «Aus eurem Krippenfest ist ein gigantischer Konsumrausch geworden. Ich frage mich, ob das der Sinn der Weihnacht ist.»

Der Pfarrer Melchior wackelte bedenklich mit dem Kopf und ertappte sich bei einem Stück schlechten Gewissens.

«Was wälzt ihr zwei Schwerenöter denn für Probleme?», rief da Balthasar, Inhaber einer Parfümerie und mit den beiden bekannt.

«Wir fragen uns gerade, was der richtige Sinn der Weihnacht sei», sagte Melchior.

«Schenken», sagte Balthasar. «Die Schatten der eigenen Seele ausleuchten», hielt Kaspar dagegen. «Lieben», meinte Melchior.

«Wir müssen halt deinen Chef fragen», rief scherzend Balthasar, der Kaufmann, und zeigte auf den Theologen Melchior.

«Das wäre die Idee. Dann wüssten wir's», fand Kaspar.

«Gut. Kommt, wir fragen ihn», sagte Melchior und stieg mit den zwei Freunden in das Sechsertram. Sie fuhren bis zur Kirche Fluntern, bogen dort ins ‹Himmelsleiterli› ein und stiegen in den Himmel hinauf.

Petrus persönlich öffnete ihnen und fragte freundlich nach ihrem Begehr.

«Wir möchten wissen, welchen Sinn die Weihnacht hat», sagte der Pfarrer Melchior.

«Die Weihnacht? Eine wunderbare Geschichte. Ich kann sie den Herren gern erzählen, kenne sie auswendig», antwortete Petrus.

«Wir auch. Das ist nicht unser Problem», sagte der Psychoanalytiker Kaspar. «Den Sinn möchten wir wissen. Sehen Sie, der Theologe hier glaubt, dass die Liebe der Sinn der Weihnacht ist. Ich glaube, dass sie von Selbsterkenntnis handelt. Und unser Freund Balthasar, der Kaufmann ist, meint, es gehe ums Freudemachen mit Geschenken, und das sei gut fürs Geschäft. Was also ist der wahre Sinn der Weihnacht?»

Petrus kratzte sich am Kopf. «Mit der Frage nach dem Sinn müssen Sie schon zum Chef selber gehen. Dafür ist er allein zuständig. Wenn Sie bitte mitkommen wollen.»

Mit deutlich erhöhtem Puls folgten die drei Zürcher dem Petrus durch die Korridore des Himmels.

Vor einer Tür blieb Petrus stehen. «Sie sehen hinein und setzen sich hinten hin. Er wird dann schon fragen, was Sie wollen.» So ließ er die drei Herren eintreten.

Sie befanden sich in einer Art Kindergarten. Vorn in der Mitte stand ein großer Sessel. Darin saß Gott, und sie staunten alle drei über sein weises, zugleich unternehmungslustiges und irgendwie trotziges Aussehen. Um ihn herum hockte auf niedrigen Stühlen eine Horde kleiner Engel und hing an seinen Lippen. Hob er die Stimme, fuhren die kleinen Engel zusammen, sprach er leise, reckten sie die Hälse. Gott erzählte eine Geschichte. Es war, merkten die drei Zürcher bald, die Geschichte einer langen Wanderschaft, auf der die Wanderer den Überblick verloren. Dem Theologen Melchior kam, déformation professionelle, der Auszug aus Ägypten in den Sinn.

«Was wollt ihr drei?», rief Gott und machte im Erzählen eine Pause.

«Verzeihung, Herr», stotterten sie alle miteinander, «wir möchten den Sinn der Weihnacht wissen. Wir sind uns nämlich nicht einig darüber.»

«Den Sinn?», sagte Gott. «Wozu den Sinn? Ist es nicht eine schöne Geschichte, gut und stark? Ich weiß schon, ihr möchtet urteilen: du hast Recht, du liegst falsch. Eure Urahnen haben halt vom Baum der Erkenntnis gegessen; ich warnte ja, das sei nicht gut. Seither wollt ihr immer urteilen statt zuhören. Hört doch die Weihnachtsgeschichte und merkt selbst, wie gut und stark und schön sie ist. Eine der stärksten Geschichten, die ich kenne, und ich kenne viele. Alle. Habe ja schließlich alle selber erzählt. Aber ich muss hier weitermachen, sonst verliere ich selber noch den Faden, und das darf nicht sein.»

Damit waren unsere drei Zürcher entlassen. Verwirrt und erfreut fuhren sie mit dem Sechsertram in die Stadt zurück. Beim Aussteigen klaubte Balthasar zwei Fläschchen Parfüm aus der Manteltasche.

«Da, schenkt das euren Frauen zur Weihnacht, mit einem herzlichen Gruß von mir.»

Das Märchen vom Stern von Bethlehem

Als Gott die Welt und den Himmel machte, da machte er auch die Sonne, den Mond und die Sterne. Und als er mit all den großen Himmelskörpern fertig war, blieb ihm ein Klümpchen Lehm übrig. Daraus machte Gott einen kleinen Stern und nannte ihn den Stern von Bethlehem.

Die Sonne, der Mond und die Sterne wetteiferten um die besten Plätze im Weltall. Jeder wollte zuvorderst sein. Und jedes Mal, wenn der kleine Stern glaubte, für sich ein Plätzchen gefunden zu haben, kam ein größerer Stern und schickte ihn weg. So war der kleine Stern am Ende zuhinterst im Weltall und sah nicht einmal mehr auf die Erde hinunter.

Wenn er auf seiner Umlaufbahn an der Sonne oder am Mond oder einem anderen Stern vorbeikam, hörte er, wie sie wichtig miteinander redeten. «Ohne mich gäbe es überhaupt kein Leben auf der Erde. Auf mich freuen sich die Menschen jeden Morgen», sagte die Sonne. «Und wenn ich nicht wäre, dann würden sich die Leute in der Nacht verlaufen», sagte der Mond. Und auch die großen Sterne taten wichtig und meinten, ohne sie ginge es nicht auf der Welt.

War der kleine Stern in ihrer Nähe, dann grüßten sie ihn nicht einmal. Manchmal hörte er, wie sie hinter seinem Rücken über ihn lachten und sagten: «Schaut diesen kleinen Kerl an. Das ist doch gar kein richtiger Stern.» Dann flüchtete der kleine Stern wieder in seine Ecke. Er wurde traurig und fragte sich, wozu er überhaupt da sei. ‹Ich leuchte ja nicht einmal für jemanden; mich sieht kein Mensch. Gott hat mich vergessen›, dachte er. Er versuchte sich zu trösten und lauschte der Musik, die aus dem Himmel kam.

Eines Tages wurde es im Weltall plötzlich ganz hell. Die Sonne flüsterte aufgeregt mit dem Mond und sagte: «Das ist ja ein viel helleres Licht, als ich es machen kann.» Auch die Sterne tuschelten miteinander. Und einer sagte: «Das ist Gott.» Da sagten alle aufgeregt zueinander: «Gott kommt!» Alle Sterne drängten sich nach vorn, um Gott zu sehen. Und jeder sagte: «Er kommt sicher zu mir.» Aber die Sonne und der Mond lachten und sagten: «Dummes Zeug! Zu uns kommt Gott, das ist doch klar.» Der kleine Stern hörte das Gerede auch, und er sah das helle Licht, das immer näher kam. Er drängte sich nicht so weit vor. ‹Zu mir kommt Gott bestimmt nicht. Dafür bin ich viel zu klein›, dachte er.

Dann hörte man eine gewaltige Stimme. Sie kam mitten aus dem hellen Licht und rief: «Stern von Bethlehem!» Der kleine Stern hatte ganz vergessen, dass er am Anfang von Gott so genannt worden war. Darum dachte er jetzt auch nicht daran, dass er gemeint sein könnte. Dafür meinten alle anderen, es gelte ihnen. Und alle drängten sich vor, und jeder rief: «Da bin ich, Herr.»

Aber die Stimme aus dem Licht sagte: «Wo ist der Stern von Bethlehem?»

Jetzt kam es dem kleinen Stern in den Sinn, dass das ja sein Name war, und er sagte schüchtern und leise: «Da bin ich.» Die Sonne, der Mond und die Sterne drehten sich nach dem kleinen Stern um: «Du?», fragte einer. Und die Sonne sagte: «Du bist ja nicht bei Trost. Das muss ein Irrtum sein.» Aber die Stimme aus dem Licht rief dem kleinen Stern: «Komm zu mir.»

Da ging der kleine Stern langsam auf das helle Licht zu. Er hatte ein wenig Angst. Er wusste ja nicht, was das zu bedeuten hatte. «Komm nur näher», sagte die Stimme. Der kleine Stern sah Gott nicht. Er sah nur das helle Licht ohne Schatten, aus dem die Stimme kam. Der kleine Stern bewegte sich immer noch auf das Licht zu. Es war ein langer Weg. Endlich sagte die Stimme: «So, jetzt bist du nahe genug. Jetzt hör gut zu. Ich habe etwas Wichtiges für dich.»

‹Etwas Wichtiges für mich? Für mich hatte noch nie jemand etwas Wichtiges›, dachte der kleine Stern, aber er sagte nichts.

Die Stimme aus dem Licht redete weiter: «Du weißt, wer ich bin?»

«Ja», sagte der kleine Stern, «du bist Gott.»

«Ja», tönte wieder die Stimme aus dem Licht. «Ich bin der ewige Gott. Und ich habe alles gemacht: den Himmel und die Sterne und die Erde und die Menschen darauf. Auch dich, Stern von Bethlehem. Und jetzt hör gut zu. Du kannst ja von deinem Platz aus die Erde nicht sehen. Aber ich sehe sie. Und ich sehe, dass die Menschen auf der Erde viel Angst haben und böse miteinander sind und Krieg gegeneinander führen. Darum will ich den Menschen helfen; denn ich habe sie gern. Ich will meinen Sohn den Menschen auf die Erde schicken. Er soll ihnen beistehen, damit sie nicht mehr so viel Angst haben und Frieden untereinander machen können. Dazu brauche ich dich. Du musst den Menschen anzeigen, dass mein Sohn zu ihnen kommt. Du gehst jetzt ganz nahe an die Erde, damit alle Menschen dich sehen. Dann leuchtest du und zeigst den Menschen den Weg und führst sie zu meinem Sohn. Hast du alles verstanden?»

Der kleine Stern hatte gut aufgepasst. Er nickte.

«Gut», sagte die Stimme Gottes aus dem Licht. «Dann mach schnell und geh; es ist keine Zeit zu verlieren.»

Da drehte sich der kleine Stern um und rannte davon. Als die anderen Sterne ihn fragen wollten, was Gott zu ihm gesagt habe, rief er nur: «Keine Zeit! Muss mich beeilen!» Und er raste gegen die Erde, so schnell, dass hinter ihm ein leuchtender Schweif am Himmel entstand. Der kleine Stern freute sich riesig, zum ersten Mal in seinem Leben die Erde zu sehen. Und er dachte, dass die Menschen gewiss froh seien, wenn er ihnen leuchtete und den Weg zum Gottessohn zeigte.

Als er so nahe war, dass er auf die Erde schauen konnte, da sah er, wie schön es an vielen Orten war. Aber die Leute dort blickten nicht zu ihm empor. Sie liefen ihrer Arbeit nach, wollten viel Geld verdienen und mussten zu ihren Sachen schauen, damit niemand sie ihnen wegnahm.

Und da waren auch böse Orte. Da gab es Streit und Krieg. Und je näher der kleine Stern der Erde kam, desto deutlicher sah er, wie viel die Menschen miteinander stritten.

«Die haben ja gar keine Zeit für mich», sagte der kleine Stern zu sich selber.

Er suchte einen anderen Teil der Erde. Er sah Leute, die Hunger hatten. «Die warten auf mich», dachte er. Aber auch die schauten nicht hinauf und waren nur mit sich selber beschäftigt. Da war der kleine Stern enttäuscht. ‹Vielleicht leuchte ich zu wenig hell›, dachte er. Er erhöhte sein Tempo, damit sein Licht heller scheine und sein Schweif länger werde. Aber es nützte nichts. Es schien auf der ganzen Erde keinen Menschen zu geben, der sich für ihn interessierte. Er wollte schon aufgeben und in den Himmel zurückkehren.

Aber da sah er, weit hinten in der Welt, drei alte, weise Männer, die zu ihm hinaufschauten und mit den Fingern auf ihn zeigten. Ihre Gesichter leuchteten vor Freude. «Wenigstens die sehen mich», sagte der kleine Stern. Und er ging ihnen voran, und die drei Männer folgten ihm. Sie hatten noble Kleider an und trugen prächtige Geschenke bei sich. ‹Das sind sicher Könige›, dachte der kleine Stern. Es war eigenartig: Der kleine Stern wusste genau, welchen Weg er den drei Männern zeigen musste. Dabei hatte er die Erde vorher ja noch nie gesehen. Der Weg war lang und dauerte viele Tage und Wochen. Er führte durch viele Länder und einmal sogar durch eine Wüste. Aber immer, wenn der kleine Stern zurückschaute, sah er, wie die drei Könige ihm nachliefen.

In einer Nacht sah er ein Licht unter sich. Es war mitten auf einem dunklen Feld. Viele Schafe waren auf dem Feld, und der kleine Stern sah, dass ein Engel mit den Hirten redete. Er hörte, wie der Engel zu den Hirten sagte: «Fürchtet euch nicht. Ich verkündige euch große Freude. Euch ist heute der Heiland geboren. Dort in der Stadt Bethlehem ist er.»

Da wusste der kleine Stern, warum ihm Gott den Namen ‹Stern von Bethlehem› gegeben hatte. Nach Bethlehem musste er die Könige führen. Und er sah, wie die Hirten aufstanden und sich auf den Weg machten, wie die Könige.

Unter sich sah der kleine Stern jetzt das Städtchen Bethlehem. Er suchte einen Palast; denn in einem Palast müsse doch der Gottessohn sein, dachte er. Aber er fand keinen Palast. Wie von einem Magneten zog es ihn hinunter, und über einem Stall musste er stehen bleiben. Durch die Löcher im Dach sah er in den Stall hinein. Zuerst sah er einen Ochsen und einen Esel. Dann sah er zwei Menschen, einen jungen Mann und eine noch jüngere Frau. In der Krippe lag ein neugeborenes Kind. ‹O je›, dachte der kleine Stern, ‹die haben für ihr Kind nicht einmal ein richtiges Bett. Dem Kind geht es auf der Erde fast so, wie es mir am Himmel gegangen ist, bevor Gott mich rief.›

Noch immer schaute der kleine Stern umher, ob der Gottessohn in der Nähe sei. Da sah er, wie die Hirten in den Stall hineinkamen und vor der Krippe auf die Knie fielen. Und dann kamen auch die drei Könige. Auch sie knieten vor dem Kind nieder und legten ihm ihre Geschenke in die Krippe. ‹Soll am Ende dieses Kindlein in der Krippe der Gottessohn sein?›, fragte sich der kleine Stern. Er war enttäuscht. Da kam ein ganzer Schwarm Engel dahergeflogen. Der kleine Stern rief den vordersten der Engel zu sich und fragte: «Ist das dort unten der Gottessohn?» Der Engel nickte.

«Aber so ein kleines Kind, wie kann das den Menschen helfen?», fragte der kleine Stern. «Dazu braucht es doch einen mächtigen Mann.»

«Weißt du», sagte der große Engel, «mächtige Männer gibt es auf der Erde genug. Und sie alle haben den Menschen nicht richtig geholfen. Was die Menschen brauchen, ist einer, der sie gerne hat. Den schickt ihnen Gott heute. Aber jetzt müssen wir gehen. Wir sollen da unten spielen», und der große Engel flog davon. Der kleine Stern sah, wie sich der Engelchor auf das Dach des Stalles setzte, und er hörte ihn musizieren.

Viele Jahre blieb der kleine Stern nahe bei der Erde. Er konnte alles genau sehen: Wie Jesus aufwuchs, wie er von Johannes getauft wurde, wie er predigte und wie er

Kranke heilte. Und dann sah er eines Tages auch, wie Jesus gekreuzigt wurde und starb.

Da wurde der kleine Stern traurig und kehrte in den Himmel zurück. ‹Gott wollte den Menschen helfen›, dachte er. ‹Jetzt haben die Menschen alles kaputtgemacht. Gott wird böse auf sie sein.›

Als der kleine Stern im Himmel ankam, rief Gott: «Stern von Bethlehem!» Der kleine Stern ging vor das große Licht. Und die Stimme Gottes sagte aus dem Licht: «Ich bin nicht böse über die Menschen, wie du meinst. Ich habe ihnen mit meinem Sohn gezeigt, dass ich sie gern habe. Bald schicke ich meinen Sohn wieder zu ihnen, aber mit Macht und Herrlichkeit, damit alle merken, wie gern ich sie habe. Du musst dann wieder auf die Erde zurück und es den Menschen anzeigen. Bis dahin kannst du dich ausruhen. Ich rufe dich, wenn es Zeit ist.»

Erst jetzt merkte der kleine Stern, dass er müde war. Er ging an seinen Platz zurück. Aber alle Sterne und auch der Mond und sogar die Sonne behandelten ihn mit großem Respekt. An seinem Platz im Himmel schlief er zuerst einmal tüchtig aus. Und seit er wieder wach ist, wartet er darauf, dass die Stimme Gottes ihn ruft und ihn wieder zur Erde schickt, um den Menschen zu zeigen, dass der Gottessohn mit Macht und Herrlichkeit kommt und alle erlöst.

Drei Männer im ‹Königstuhl›

An einem Sonntagnachmittag im Advent trafen sich zwei ältere Herren am Limmatquai. Nach einem kleinen Spaziergang am Fluss beschlossen sie, im ‹Königstuhl› einzukehren und eine Flasche zu bestellen. An der Stüssihofstatt kam noch einer dazu, auch ein Bekannter, den nahmen sie mit. So saßen sie denn zu dritt in der Wirtschaft, die Gläser vor sich, und plauderten.

«Jaja», sagte der Erste, ein Mann in den Siebzigern, der seit Jahrzehnten nicht mehr in Zürich, sondern an der Goldküste wohnte, «jaja, unsere Stadt ist nicht mehr, was sie einmal war. Früher, da hatten wir eine der saubersten Städte der Welt. Und jetzt der Abfall, der überall auf den Straßen herumliegt. Der reinste Niedergang.»

«Du hast Recht», sagte der Zweite, ein Mann gegen sechzig, der ein Geschäft im Stadtzentrum besaß, «es ist die bare Verslumung. Schaut euch einmal an, was am unteren Limmatquai passiert. Ein guter Laden nach dem andern schließt, und nachts treiben sich Schlägerbanden herum und machen die Gegend unsicher. Kein älterer Mensch wagt sich nach der Dämmerung mehr auf die Straße.»

Der Dritte war jünger als die beiden andern, ein ehemaliger Achtundsechziger und grün angehaucht geblieben. Er lächelte sarkastisch. «Wo lebt ihr eigentlich, Freunde?», sagte er. «Ihr jammert über das bisschen Papier, das auf den Straßen liegt, und über den Niedergang des Limmatquais. Ihr kommt mir vor wie die französische Gräfin, die sich beklagte, ihr Tee sei nicht heiß genug, und dabei standen schon die Revolutionäre vor der Tür, um sie aufs Schafott zu führen. Schaut doch einmal über den Rand eures Tellers hinaus. Heillose Übervölkerung der Erde, ungerechte Verteilung der Güter dieser Welt, dass es zum Himmel schreit; knapp werdende Arbeit, Ozonloch, die Gefahren der Atomenergie – das sind unsere Probleme. Globale Probleme, liebe Freunde. Kein einziges davon haben wir bis heute gelöst, und ich sage euch: Wenn wir sie nicht lösen, geht die Welt daran zugrunde, und wir auch, mitsamt Limmatquai und Zürcher Altstadt.»

«Das ist es ja, was ich meine», sagte der jüngere der beiden andern. «Zwar renne ich nicht wegen jedem Alarm, der in der Zeitung steht. Die haben vor ein paar Jahren auch alle geschrieben, der Wald stehe kurz vor dem Kollaps, und jetzt hörst du nichts mehr davon, und ich gehe immer noch im Wald spazieren. Aber sonst hast du schon Recht. Untergang, wohin man schaut.»

Und der ältere bemerkte, nachdem er einen Schluck Weißen getrunken hatte: «Ich sage euch, ich bin froh, dass ich nicht mehr so jung bin wie ihr. Ich wüsste mir für die Zukunft keinen Rat.»

So saßen die drei Männer im ‹Königstuhl› und schauten in ihre Gläser, und je tiefer sie hineinschauten, desto trüber wurden ihre Prognosen.

Als sie sich gegenseitig so richtig in Stadt- und Weltuntergangsstimmung geredet hatten und draußen langsam die Dämmerung einsetzte und alles dunkel färbte, ging mit einem Mal die Tür auf, und herein kam ein junges Paar mit einem kleinen Mädchen.

«Großpapa!», rief das kleine Mädchen und stürmte auf den ältesten unserer drei Freunde zu. Der öffnete die Arme und zog das kleine Mädchen auf seine Knie.

«Was macht ihr denn in der Stadt?», fragte er.

«Einen Spaziergang durch die Altstadt machen wir», antwortete die junge Frau. «Die Weihnachtsbeleuchtung an der Bahnhofstraße anschauen wollen wir. Und sehen dich hier drinnen sitzen.»

«An der Bahnhofstraße gibt es viele, viele Lichter», sagte der Großvater zur Enkelin.

«Heute Morgen haben wir in der Sonntagsschule auch von einem Licht gehört», begann das kleine Mädchen zu plaudern. «Der liebe Gott ging dem Volk Israel voraus als ein Licht in der Nacht und als eine Wolke am Tag.»

«Warum denn das?», fragte der Großvater.

«Damit sie sich nicht verirren», gab das kleine Mädchen zur Antwort. «Es war ein langer Weg, und sie wussten selber nicht, wo es durchging, und Moses hatte es auch vergessen. Da zeigte ihnen der liebe Gott selber den Weg mit der Wolke am Tag und dem Licht in der Nacht.»

«So, so», sagte nachdenklich der Großvater. Und während er wieder einen Schluck aus seinem Glas nahm und das kleine Mädchen den Sirup trank, den der Kellner ihm gebracht hatte, ging dem Großvater die Geschichte vom Auszug der Israeliten aus Ägypten durch den Kopf, die er seinerzeit auch in der Sonntagsschule gehört hatte. Die hatten den Weg nicht gekannt; keiner von ihnen hatte das Gelobte Land vorher gesehen; niemand wusste am Abend des einen Tages, was sie am Morgen des andern erwartete. Nichts hatten sie, keine Landkarte, keinen Kompass, kein Kroki, nichts. Nur das Versprechen ihres Gottes, dass er sie nicht in die Irre führen, sie unterwegs nicht stehen lassen werde; und sie hatten im Herzen den Traum von dem Land, in dem Milch und Honig fließen, den Traum, den Gottes Versprechen ihnen eingepflanzt hatte.

‹Eigentlich ist das ein Sinnbild allen Lebens›, dachte der Großvater des kleinen Mädchens. ‹Wie 's am nächsten Morgen weitergeht, wissen wir am Abend vorher nie. Das einzig Gewisse ist das Versprechen.› Er erinnerte sich gerührt daran, wo er das große Versprechen fürs Leben das letzte Mal gehört hatte. Bei der Taufe seiner Enkelin, die hier auf seinen Knien saß. «So spricht der Herr: Ich will dich behüten allenthalben, wo du hinziehst; denn ich werde dich nicht verlassen, bis dass ich getan, was ich dir verheißen habe», hatte der Pfarrer am Taufstein gesagt; der Großvater erinnerte sich genau.

Derweil der Großvater des kleinen Mädchens so dachte, überschlug der zweite der drei Freunde in Gedanken seinen bisherigen Lebensweg. ‹Wahrhaftig auch eine Art Auszug aus Ägypten›, dachte er. ‹Wenn du zurückschaust, musst du staunen, wie gut manches wider Erwarten herausgekommen ist. Wenn's nur von mir abhängig gewesen wäre, wer weiß, was für Dummheiten passiert wären. Aber da gibt es eben doch im Leben eine Kraft, wie eine korrigierende, bewahrende Hand. Macht gerade, was krumm herauskommen, bringt auf den rechten Weg, was nebenaus laufen will. Wenn ich es mir recht überlege, habe ich's unzählige Male erlebt.›

Der Dritte aber, der Jüngste, der sich wegen des Ozonlochs und der knapp werdenden Arbeit und um die Verteilung der Güter dieser Welt Sorgen machte, erinnerte sich bei den Worten des kleinen Mädchens plötzlich an ein Bild von seiner letzten Ferienreise nach Griechenland. In einer Kirche war's gewesen. Die Kuppel sah aus wie der Himmel. Zuoberst in diesem Himmel, im Zenith, war ein großes Loch. ‹Wie das Ozonloch über dem Pol›, fiel ihm ein. Aber durch das Loch herein grinste nicht der Tod, wie in unseres jungen Mannes schlimmen Zukunftsvisionen, sondern herein blickte wie ein Herr über Himmel und Erde der Christus und schaute zu den Menschen herunter. Mit den Augen eines Freundes schaute er herunter, mit Augen von einem, dem nichts fremd ist hier unten, und der weiß, wie wenig wir selbst über den nächsten Tag hinaus in die Zukunft sehen.

«Jetzt ist dann bald Weihnacht», plapperte das kleine Mädchen weiter. Es schaute seinen Großvater an. «Weißt du, warum es Weihnacht heißt?», fragte es und gab die Antwort gleich selber. «Die Engel haben mitten in der finstern Nacht ein großes Licht angezündet, weil nämlich der Jesus auf die Welt kam. Ich freue mich auf die Weihnacht. Freust du dich auch?»

«Jaja», sagte der Großvater und dachte an das Geschenk, das er für seine Frau noch kaufen musste.

«Und du, freust du dich auch?», fragte das kleine Mädchen den einen Freund des Großvaters.

«Ich glaube schon», antwortete der und dachte an sein Geschäft und die Weihnachtsgratifikation, die er dem Personal versprochen hatte, und fragte sich, wie lange er sie noch würde geben können.

«Und du freust dich auch?», fragte das kleine Mädchen hartnäckig weiter und schaute den zweiten Freund des Großvaters an.

«Ja, ich freue mich», fuhr es dem viel fröhlicher aus dem Mund, als er wollte. In seinem Kopf machte er sich deswegen Vorwürfe und dachte, wie leichtfertig das sei angesichts des Ozonlochs, des Mangels an Arbeit, der ungerechten Güterverteilung auf der Welt und überhaupt des allgemeinen Weltzustands.

«Der Jesus», sagte altklug das kleine Mädchen, «das ist nämlich der liebe Gott. Der liebe Gott ist nicht im Himmel geblieben. Auf die Erde ist er gekommen, um der Heiland für die Menschen zu sein.»

Und während das kleine Mädchen gespannt auf ein zweites Glas Sirup wartete, schwiegen sie alle nachdenklich am Tisch, und der Großvater dachte an den großen Segen, den er bei der Taufe der Enkelin und schon bei der Taufe der eigenen Kinder gehört hatte, diesen Segen, der Vergangenheit, Gegenwart und Zukunft umgriff. Der ältere seiner Freunde überlegte, ob es vielleicht richtig wäre, an der Weihnachtsfeier in seinem Betrieb die Weihnachtsgeschichte vorzulesen. Und der jüngere erinnerte sich einfach an die Krippe, die jede Weihnacht zu Hause unter dem Christbaum stand, und an das Kindlein, das darin gelegen hatte.

Inzwischen war es draußen dunkel geworden.

«Jetzt wollen wir aber die Lichter anschauen gehen», sagte der Vater des kleinen Mädchens. Die Mutter zog ihm das Mäntelchen und die Mütze an. Aber die Kleine dozierte munter weiter.

«Wisst ihr, was das Licht an der Weihnacht noch bedeutet? Dass der liebe Gott einen neuen Himmel und eine neue Erde macht. Eine, in der alles gut ist und keine Kinder mehr Hunger haben und keine alten Leute mehr weinen und niemand mehr krank ist und stirbt, und alle dem lieben Gott singen. Und dafür ist der Jesus gestorben, dass wir es glauben.»

Unsere drei Männer schauten der jungen Familie nach.

«Jaja, die Kinder», sagte der eine, der Großvater des kleinen Mädchens, und seine Augen leuchteten.

«Die leben halt noch in diesen Geschichten. In diesen biblischen Kindergeschichten», sagte der Zweite. «Und wenn sie dir diese Geschichten erzählen, bist du mit einem Mal auch wieder mittendrin. Meinst, seist längst daraus ausgezogen, und kehrst doch wieder dahin zurück.»

«Kindergeschichten», räsonierte der Dritte, der Jüngste. «Und haben eine solche Kraft. Es ist, als krempelten sie einem das Herz um. Eben hätte ich noch kaum einen Fünfer auf die Zukunft der Welt gesetzt. Dann kommt so ein Kind, schwatzt daher von einem Licht, das die Engel angezündet haben, und schon erscheint einem selber die Welt ein Stücklein heller.»

«Heißt das, dass du an den Gott des kleinen Mädchens glaubst und an den neuen Himmel und die neue Erde, die er machen will?», fragte der zweite Freund den dritten.

«Was heißt glauben?», antwortete der. «Wenn du mich so direkt fragst und ich kritisch überlege, dann muss ich sagen: Nein. Ich halt's für unmöglich.»

«Aber die Lösung unserer schlimmsten Schwierigkeiten wär's», sagte der Großvater des kleinen Mädchens.

«Natürlich wär es das. Aber glauben tu ich's auch nicht», sagte der mittlere der drei Männer.

Und der Jüngste sagte: «Mir geht es damit wie einer zweiten französischen Gräfin. Die wurde gefragt, ob sie an Geister glaube. ‹Nein, ich glaube nicht daran›, sagte sie, ‹aber ich habe Angst davor.› Glauben kann ich's nicht. Aber eine Art Hoffnung hat mir die Weihnachtsgeschichte deines Großkindes doch gemacht.»

«Es ist eigenartig. Mir auch», sagte der zweite Mann.

«Und dabei ist es doch wirklich eine Kindergeschichte. Wie soll denn Gott auf die Welt kommen? Wer kann sich so etwas vorstellen, wenn er kein Kind mehr ist?»

Da sagte der Älteste: «Irgendwie bleiben wir's halt unser Leben lang. Kinder, meine ich. Wer weiß, vielleicht eben doch Kinder des Vaters im Himmel.»

Alle drei lachten ein wenig verlegen vor sich hin. Dann tranken sie aus, zahlten und standen auf, zogen die Mäntel an und traten auf die Stüssihofstatt hinaus. Dort sagten sie «Guten Abend» zueinander und «Schönen Advent», und jeder ging seiner Wege.

Der Großvater des kleinen Mädchens dachte beim Heimgehen, wie es wäre, wenn wir das Beste noch vor uns hätten – einen neuen Himmel und eine neue Erde, das vollkommene Leben.

Der Zweite überlegte, dass ein Versprechen, für das einer sein Leben gelassen habe, schon einen Wert bekomme, und ob denn der Gott, der aus dem Nichts die Welt gemacht habe, nicht auch eine neue, eine bessere, sollte machen können.

Und der Dritte, der jüngste unserer drei Freunde, schaute zum Himmel hinauf, sah dort den Abendstern stehen, und der erschien ihm wie Gottes Auge, das wissend und voller Liebe auf die Erde herunterschaute und blinzelte, um zu sagen: «Ich bin bei euch. Ich verlasse euch nicht. Ich halte euch die Treue. Ich bringe euch ins Gelobte Land.»

Und allen drei Freunden erschien auf ihrem Heimweg unsre Stadt nicht mehr gar so hoffnungslos und die Zukunft nicht mehr gar so finster, und ohne zu wissen, wie ihnen geschah, fanden sie das Leben trotz allem eine gute Sache und unsere Zeit eine Zeit voll von Verheißung.

Ein neuer Stern, Majestät

Nikanor hieß mit seinem richtigen Namen der König von Arak in Persien. Aber seine Untertanen nannten ihn Kaspar. ‹Kaspar› heißt auf Persisch ‹der Schatzmeister›. So wurde der König genannt, weil er ein beflissener Haushalter und besorgter Regent war, der Tag und Nacht auf seinem Staatsschatz saß und rechnete. «Denn», sagte der König Kaspar, «die Zukunft soll uns keine Überraschungen bringen und uns ja nicht auf dem linken Fuß erwischen. Überraschungen sind von Übel.»

Weil er sich eine Überraschung nur als böse Überraschung vorstellen konnte und weil er jedwede böse Überraschung tunlichst vermeiden wollte, suchte der König Kaspar auf jede mögliche Weise Mittel und Wege, die Zukunft vorauszusehen, vorauszuberechnen und planend vorauszunehmen. Zu diesem Zweck hatte er in seinem Palast eine ganze Reihe von Wahrsagern, Hellsehern, Traumdeutern, Zeichenauslegern, Astrologen und sonstigen Sternguckern angestellt. Dafür gab er große Summen aus, er, der doch sonst ein so haushalterischer König war. «Es ist gut angelegtes Geld», sagte König Kaspar, «denn es verhindert, dass wir mit verbundenen Augen in die Zukunft tappen.»

Die Wahrsager, Zeichenausleger, Traumdeuter, Astrologen und Sterngucker des Königs Kaspar hatten alle

Hände voll zu tun. Denn immer wollte er von ihnen auf dem Laufenden gehalten werden. Am Morgen war das Erste die Konferenz mit diesen Beratern. Und zwar wollte der König Kaspar in diesen Konferenzen immer die schlimmste von allen Möglichkeiten hören. «Die guten interessieren mich nicht», sagte er. «Gegen die müssen wir ja nichts unternehmen. Aber für die schlechten Zeiten müssen wir gewappnet sein, damit wir etwas dagegen unternehmen können. Überhaupt kann jeder Leichtfuß gute Voraussagen machen. Dazu braucht es nicht viel. Seriös ist nur, wer auch die schlimmste Möglichkeit berücksichtigt.» So kam es, dass der König Kaspar jeden Morgen als Erstes ein Bündel von Katastrophenvorhersagen aufgetischt bekam. Er hörte aufmerksam zu, und da er ein kritischer Zuhörer war, entging es ihm niemals, wenn einer seiner Berater ein wenig schönfärbte und nicht die schwärzeste Variante vorstellte.

Den Kopf voll finsterer Prophezeiungen und Untergangsszenarien, empfing der König Kaspar jeden Morgen nach den Beratern seine Minister. Wenn dann der Finanzminister sagte: «Im vorletzten Jahr bezahlten die zweihundert Gold- und Silberschmiede Eures Reiches, o König, zwei Millionen Steuern. Im letzten Jahr waren es eine Million achthunderttausend, und wenn wir die Zahlen dieses Jahres bis zum Ende hochrechnen, dann fällt der Steuerertrag deiner Gold- und Silberschmiede nochmals um zweihunderttausend auf eine Million sechshunderttausend herunter», dann machte der König ein finsteres Gesicht und sagte: «Vierhunderttausend weniger in zwei Jahren. Wenn das so weitergeht, sind wir in acht Jahren mit dem Steueraufkommen unserer Gold- und Silberschmiede auf null. Und es kann nicht ausbleiben, dass die Krise der Gold- und Silberschmiede auch das übrige Handwerk mit sich in den Abgrund zieht. Wenn die Gold- und Silberschmiede nichts mehr verdienen, können sie auch nichts mehr bauen. Dann gehen die Baumeister Konkurs, und wenn die Baumeister und die anderen auch keine Steuern mehr bezahlen können, dann ist es aus mit dem Staat. Wenn das so weitergeht, stehen wir bald vor dem Nichts!»

Weil der König Kaspar alle paar Tage oder Wochen zum Ergebnis kam, so könne es nicht weitergehen, sagte er auch alle paar Tage oder Wochen: «Wir fangen neu an!»

Weil aber im Reich des Königs Kaspar alle paar Tage irgendwo festgestellt wurde, dass es so nicht weitergehen könne und neu angefangen werden müsse, ging es in diesem Reich drunter und drüber. Auf nichts war Verlass. Denn was gestern gegolten hatte, galt heute nicht mehr, und was heute richtig war, war morgen grundfalsch und musste radikal geändert werden.

So nahm die Unsicherheit im Reich des Königs Kaspar zu. Zu nahm auch die Furcht vor den Folgen dessen, was man heute tat. «Der Flügelschlag eines Schmetterlings heute kann bewirken, dass übermorgen ganze Städte zusammenfallen», mahnte der König Kaspar unaufhörlich. Damit vergrößerte sich aber auch die Angst vor der Zukunft, weil die Zukunft wie die Folgen der Vergangenheit und der Gegenwart immer unberechenbarer wurde. Dadurch bemächtigte sich eine unaufhörliche Sorge nicht nur des Königs, sondern seines ganzen Volkes, und es floh alle Freude aus dem Reich. Die Schreckhaftigkeit wurde jeden Tag größer und ein grauer Filter legte sich über alle Gemüter.

Eines Tages kam, grau im Gesicht vor Angst, der oberste Hofastrologe zur morgendlichen Konferenz.

«Majestät», sagte er mit Grabesstimme, «wir haben heute Nacht einen Stern gesehen.»

«Ihr seht ja nichts als Sterne», witzelte leise einer der Traumdeuter, aber sogleich verschlug es ihm die Sprache. Denn der oberste Hofastrologe fuhr fort: «Einen neuen Stern haben wir gesehen, einen, den wir noch nie gesehen haben, einen vollkommen unbekannten Stern.»

«Wo steht er und wie sieht er aus?», fragte erschrocken der König Kaspar.

«Er steht im Westen und hat einen Schweif.»

«Im Westen und hat einen Schweif», raunten wild durcheinander die versammelten Experten.

«Was heißt das?», fragte weiter und mit versteinertem Gesicht der König. Er kannte die Antwort schon, die nun von den erblassten Lippen des obersten Hofastrologen kam. «Osten heißt Morgen und Morgen ist Sonnenaufgang. Westen jedoch, Majestät, heißt Abend und bedeutet Sonnenuntergang.»

«Wessen Sonne soll da untergehen?»

«Eure Sonne, unsere Sonne, Majestät.»

«Und was können wir dagegen tun?», fragte der König Kaspar.

«Ich fürchte, nichts», antwortete der oberste Hofastrologe. «Denn der Stern trägt einen Schweif. Schweif heißt: größter Ernst und höchste Dringlichkeit.» Und fast flüsternd fügte er an: «Ich fürchte, wenn es so weitergeht, sind wir verloren.»

«So darf es eben nicht weitergehen!», rief da der König Kaspar. Er rief seine Minister und begann mit ihnen das große Verändern zu planen, den völligen Neuanfang. Nichts sollte mehr sein, wie es war, kein Stein sollte auf dem anderen bleiben.

«Wir formieren unsere Kräfte total um, bauen ein vollkommen neues Reich, eins, das vor den Herausforderungen der Zukunft bestehen kann», rief der König.

Am nächsten Morgen, als all die Sterngucker, Astrologen und Traumdeuter gerade wieder beim König saßen, mutlos und ohne Hoffnung, war von draußen Trompetenklang zu hören.

«Was bedeutet das?», fragte der König.

«Es kommt vom Turm am Stadttor», antwortete einer seiner Berater.

«Fremde begehren Einlass in die Stadt», sagte ein anderer.

«Es müssen bedeutende Fremde sein, dass der Türmer bläst», sagte ein Dritter.

Da sprang die Tür auf und herein trat, nur mühsam

seine Aufregung unter Kontrolle haltend, der Haushofmeister des Königs Kaspar.

«Zwei Könige stehen vor dem Tor. Melchior und Balthasar, Eure Nachbarn. Sie wollen Eure Majestät besuchen», keuchte er.

«Das bedeutet Unheil», rief der König Kaspar. «Zuerst der Stern, und jetzt die Nachbarn.»

«Ihr werdet schlechte Nachrichten bringen», begrüßte der König Kaspar seine Nachbarn. «Ganz im Gegenteil», antworteten die beiden Könige miteinander. «Wir haben einen neuen Stern gesehen. Er steht im Westen am Himmel. Er ist schön und leuchtet hell. Das ist ein Zeichen. Etwas Großartiges muss im Anzug sein. Kommst du mit, dem Neuen entgegen?»

Der König Kaspar war keineswegs überzeugt. «Es ist leichtsinnig, einem Stern nachzurennen und sich drauf zu verlassen. Es ist unverantwortlich, sich nur auf das Licht zu freuen und den Schatten nicht zu fürchten. Auf den Schatten müssen wir gefasst sein, mit dem Schlimmsten müssen wir rechnen. Ich bleibe hier.» So redete der König Kaspar.

Seine zwei Nachbarn, Melchior und Balthasar, zogen ohne ihn nach Westen. Unterwegs trafen sie einen anderen König, einen Schwarzen aus Äthiopien, der wie sie den Stern gesehen hatte und ihm folgte. Und weil sie seinen afrikanischen Namen nicht aussprechen konnten, nannten sie ihn Kaspar. Nach dem Namen ihres zu Hause gebliebenen Nachbarn.

Zu dritt kamen sie nach Bethlehem in Judäa. Und dort entdeckten sie in einem Stall die großartige Zukunft des Lebens.

Der König Kaspar aber blieb auf seinem Thron und seiner Staatskasse sitzen. «*Das* ist unsere Sicherheit und unsere Zukunft», sagte er. «Nur keine Experimente.»

Und wenn er nicht gestorben oder mitsamt seinem Reich Bankrott gegangen ist, dann sitzt der König Kaspar immer noch dort und fürchtet sich vor der Zukunft bis zum Jüngsten Tag.

Der liebe Gott geht auf Reisen

Als Gott, der Herr, sah, wie weit die Menschen sich von ihm entfernt hatten, und dass sie sich immer noch weiter von ihm entfernten und ihn schon fast vergaßen, und als er auch sah, welches Elend den Menschen aus ihrer Gottverlassenheit erwuchs, da sagte er: «Jetzt ist das Maß voll und die Zeit erfüllt.» Und er beschloss, seinerseits auf die Menschen zuzugehen und fortan mitten unter ihnen zu leben. Denn er konnte nicht zulassen, dass die Menschen ohne Gott, ohne Hoffnung und Hilfe, ohne Licht und Liebe leben und sterben müssten.

«Ich will nicht länger hier oben im Himmel für mich allein sein; ich will in der Gesellschaft der Menschen sein», sagte deshalb Gott zu dem Engel, der gerade bei ihm stand.

«Warum willst du das?», fragte der Engel, der als ein kritischer Engel bekannt war.

«Ich kann nicht anders», antwortete Gott, «mein Herz hängt an diesen Geschöpfen, den Menschen. Schließlich habe ich sie erfunden und gemacht.»

«Du kannst nicht anders?», sagte der Engel, «du bist doch allmächtig und kannst, wie du willst.»

«Ja, natürlich bin ich allmächtig», sagte Gott, der Herr, «aber weißt du, ich will gar nicht anders. Ich will dasselbe, was mein Herz will. Und mein Herz begehrt, bei den Menschen zu sein. Alle meine Macht würde mir nichts mehr bedeuten, wenn ich die Stimme meines Herzens überhörte, die zu mir sagt: Du liebst die Menschen. Ich liebe sie tatsächlich, darum will ich ihnen nahe sein und meinen Wohnsitz unter ihnen nehmen.»

«Wie kannst du die Menschen lieben?», sagte der Engel, der bekannt dafür war, dass er von den Menschen sehr wenig hielt. «Verschließt du dir in deiner Liebe nicht die Augen darüber, wie sie sind? Schau doch einmal genau auf die Erde, schau, was sie aus deiner Schöpfung gemacht haben, schau in die Zukunft, was sie noch daraus machen werden. Siehst du das Elend, weil sie einander in Kriegen bekämpfen und keinen Frieden miteinander halten können? Siehst du die Armut der einen und den übertriebenen Reichtum der andern, weil sie einfach nicht fähig sind, brüderlich miteinander zu teilen? Es wird keine zweitausend Jahre gehen, dann werden überall Raketen stehen, die sie aufeinander richten. Und sie werden um ihrer Bequemlichkeit willen so viel Schadstoffe erzeugen, dass die Wälder daran sterben. Ein kluger Mann aus Rom, der nichts von dir wusste, sagte: ‹Der Mensch ist für den Menschen ein reißender Wolf.› Er hatte Recht. Das sind deine Menschen. Und unter denen willst du wohnen?»

Gott, der Herr, lächelte über den Eifer des kritischen Engels. «Du Guter», sagte er – und er wusste, dass sich der kritische Engel über diese Anrede ein wenig ärgerte und sie als eine Zurechtweisung empfand, was er auch sollte –, «du Guter, hältst du mich für so naiv? Ich sehe alles, was du aufgezählt hast. Und ich sehe noch viel mehr. Denn ich sehe den Menschen ins Herz. Und ich sehe wohl, was ihr Herz für ein trotziges und verzagtes Ding ist, verstockt und finster und böse von Jugend an. Darum weiß ich auch, wie schwer es ist, den Menschen zu helfen, und ich weiß, was für arme Kerle sie sind, weil sie sich so in sich und ihren verwickelten Dingen verlaufen haben wie in einem Labyrinth. Doch ich sage dir: Ebendarum will ich zu ihnen, will ihnen nahe sein und Wohnung bei ihnen nehmen. Ich will ihnen zeigen und sagen: ‹Ihr habt Gnade bei Gott gefunden. Fürchtet euch nicht.› Glaub mir, das haben sie dringend nötig. Sie haben es nötig, dass ich selber mich aufmache, um ihnen zu helfen, damit sie an sich selber nicht zugrunde gehen.»

Der kritische Engel wartete einen Augenblick und dachte nach. Dann hob er wieder das Gesicht und sagte zu Gott, dem Herrn: «Es kann dir gefährlich werden, wenn du dich unter die Menschen begibst und bei ihnen wohnst. Du weißt ja selber, wie sie es leider mit ihresgleichen halten. Sie dulden keine Herrschaft über sich; jeder möchte selber der Oberste sein. Sie werden dich angreifen, wenn du unter ihnen erscheinst.»

Gott, der Herr, gab ihm zur Antwort: «Glaubst du, ich kenne meine Geschöpfe so schlecht? Es kann nicht nur gefährlich werden, wenn ich zu ihnen gehe, es wird gefährlich für mich. Doch das ändert nichts an meinem

Entschluss. Und so gut kennst du mich ja, dass du weißt: Was ich beschlossen habe, das führe ich auch aus.»

«Ja, leider», sagte der kritische Engel nur halblaut. Und lauter sagte er: «Aber ist es nicht nur für dich selber gefährlich, unter die Menschen zu gehen, auch für die Menschen ist es gefährlich. Es wird ihnen nicht passen, ihren Herrn und Gott bei sich zu haben. Sie werden nicht ruhen, bis sie dich wieder los sind, und dich vielleicht sogar umbringen. Lassen wir einmal die Frage, was das für dich bedeutet; schauen wir nur auf die Menschen. Wenn sie dich erledigt haben, sind sie erst recht bedauernswert. Denn dann haben sie keinen Gott mehr, der für sie sorgt, der ihnen zu leben gibt, der sie tröstet im Leid und der sie, wenn sie gestorben sind, aus dem Tod auferweckt. Herr, du darfst nicht selber zu ihnen gehen! Schick einen von uns.»

«Nein, ich gehe selber», sagte Gott, der Herr. «Aber fürchte nicht zu sehr um mich. Ich werde inkognito reisen. Nur wenige werden wissen, dass ich bei ihnen bin. Hauptsache ist ja, ich bin es, auch wenn sie es nicht erkennen.»

Damit war die Audienz beendet, und der kritische Engel ging von Gott hinweg. Er konnte sich aber natürlich nicht enthalten, den andern Engeln von dem zu erzählen, was Gott, der Herr, ihm anvertraut hatte. Als der Engel Raphael, der für die himmlische Haushaltung verantwortlich war, hörte, dass der Herr verreisen wolle, geriet er in Aufregung. Man musste Gottes Sternenmantel aus dem Kasten holen; die größte Wolke, die man im Himmel die Staatskarosse nannte, musste neu gestrichen werden; und es würde viele Kisten und Schachteln mit Vorräten, Kleidern und Geräten brauchen.

Der Vorsteher der himmlischen Diplomatie war der Engel Gabriel. Er mobilisierte seine ganze Abteilung und besprach mit seinen Direktuntergebenen, ob man nicht ein Detachement bestimmen solle, das vorausfliegt, um dem Herrn den Weg zu bereiten.

«Jedenfalls», sagte Gabriel, «schicken wir außerordentliche und bevollmächtigte Gesandte an den Kaiser von Rom, den König Herodes in Jerusalem und an alle andern gekrönten Häupter der Erde. Sie müssen wissen, wer da kommt, damit sie Gott, dem Herrn, einen würdigen Empfang bereiten können.»

Michael aber, der dritte der Erzengel und Kommandant der himmlischen Heerscharen, ließ seine Truppen antreten. Alles musste auf Hochglanz geputzt und die Flugformationen mussten eingeübt werden. Denn es bestand kein Zweifel, dass der Herr von seinen Truppen und allen militärischen Ehren begleitet würde.

Als Gott, der Herr, den Betrieb hörte, der plötzlich im Himmel ausgebrochen war, ließ er den Engel Raphael zu sich kommen und fragte, was das zu bedeuten habe. Raphael war ein wenig verlegen und gestand schließlich, etwas von einem kleinen Ausflug Gottes auf die Erde gehört zu haben, worauf er veranlasst habe, das Nötigste vorzubereiten.

«Es handelt sich nicht um einen kleinen Ausflug», sagte Gott, der Herr. «Ich ziehe um. Ich nehme meinen Wohnsitz bei den Menschen.»

«Umso mehr», sagte Raphael.

«Nein, eben nicht», sagte Gott. «Du kannst alles wieder abblasen. Ich will keine Staatskarosse und keine Kisten und Schachteln. Und auch den Sternenmantel könnt ihr wieder einpacken. Ich werde schon sagen, wenn ich etwas brauche.»

Der Engel Raphael ging hinaus; er wusste nicht mehr, wo ihm der Kopf stand. Als Haushofmeister war er ein etwas umständlicher Engel, der sich nicht vorstellen konnte, wie man so ohne Vorbereitung verreiste.

Auch der Engel Gabriel erlebte eine Überraschung, als er zu Gott, dem Herrn, hineingerufen wurde. «Herr», sagte er, «die Gesandtschaften sind schon zusammengestellt, um den Mächtigen der Welt deine Ankunft zu melden. Sie warten nur noch auf einen Wink von dir.» Er war begierig auf ein Lob. Stattdessen bekam er eine kalte Dusche.

«Das war fleißig von dir, aber ein wenig übereilt», sagte Gott, der Herr. «Wir schicken keine Gesandtschaften nach Rom und Jerusalem, deine Diplomaten können wieder an ihre Schreibtische zurück.»

«Ja, aber», wollte Gabriel einwenden.

Aber Gott, der Herr, schnitt ihm das Wort ab: «Und richte Michael aus, er soll die himmlischen Heerscharen abtreten lassen, ich brauche sie nicht. Gabriel, weißt du, wo Nazareth liegt?»

«Nazareth?» Gabriel überlegte. «Nie gehört.»

«Man sagt doch, du seist unschlagbar in der irdischen Geographie», konnte Gott, der Herr, sich nicht enthalten, leise zu sticheln.

«Nazareth, das kann kein bedeutender Ort sein, sonst müsste ich etwas davon wissen», verteidigte sich Gabriel.

«Schau mal da hinunter», sagte Gott, der Herr, zu ihm. «Siehst du das Tote Meer?»

«Ja», sagte Gabriel, «in der Nähe liegt Jerusalem.»

«Das interessiert mich jetzt nicht», erwiderte Gott. «Nördlich siehst du den See Genezareth.»

«Bekannt», beeilte der Engel Gabriel sich zu sagen.

«Und wenn du von diesem See mit deinen Augen nach Westen wanderst, in das Hügelland, kommst du nach Nazareth.»

«Dieses kleine Städtchen dort?», sagte Gabriel abschätzig. «Ein vollkommen unbedeutendes Nest.»

«Dorthin gehst du jetzt», sagte Gott, der Herr.

«Ich? Nach Nazareth?», fragte Gabriel ungläubig. «Was soll ich dort?»

«Du wirst dort ein Mädchen finden, das Maria heißt. Es wird bald einen Mann namens Joseph heiraten. Diesem Mädchen hast du etwas auszurichten.»

«Stammt es wenigstens aus einer bekannten Familie?», fragte Gabriel, etwas beleidigt.

«Das weiß ich nicht», sagte Gott, der Herr, «ist mir

auch gleichgültig. Aber wenn es dich beruhigt: Der Mann, den es heiraten wird, ist ein entfernter Nachkomme des Königs David. Du sagst dem Mädchen, dass sein erstes Kind der Messias, der Heiland für die Menschen, sein wird.»

«Aber Herr», wandte Gabriel ein, «du weißt doch, dass die Juden den Messias im Tempel von Jerusalem erwarten.»

Darauf sagte Gott: «Kann ich nicht zu den Menschen gehen, wie ich will und wo ich will?»

Gabriel war entsetzt: «Du selber? Du wirst dieses Kind sein? Und deine Gottheit?»

«Die lasse ich mitsamt dem Sternenmantel und der Allmacht und der Allwissenheit hier oben zurück», sagte Gott. «Was meinst du, wie die Menschen erschrecken und vor mir fliehen würden, wenn ich mit meiner ganzen Majestät zu ihnen käme. Darum will ich als ein Kind zu ihnen gehen. Dann fliehen sie nicht vor mir, und ich kann ihnen das geben, was ich ihnen geben will: meine Liebe. Sag das auch dem Raphael; ich wolle nichts anderes mitnehmen auf die Erde als meine Liebe für die Menschen. Und jetzt, Gabriel, mach dich auf!»

Der Engel Gabriel war entsetzt und besorgt zugleich über die Pläne Gottes und darüber, dass er mit einer derart erniedrigenden Mission betraut war. Unter normalen Umständen hätte er zu einem Mädchen nach Nazareth höchstens einen der niederen Chargen seiner Abteilung geschickt.

Als die Pläne Gottes im ganzen Himmel ruchbar wurden, klopfte der kritische Engel noch einmal bei Gott, dem Herrn, an.

«Herr», sagte er, «ich zweifle, ob dein Umzug zu den Menschen ein wirklich kluger Gedanke ist, verzeih mir, aber ich rede aus Sorge. Ich glaube, wir, deine Berater, müssen dich vor dir selber schützen. Deine Liebe zu diesen Wesen da unten, zu diesen Menschen, verleitet dich zu Schritten, die du später bereuen könntest. Du willst als ein gewöhnlicher Mensch unter die Menschen gehen. Hast du dir schon überlegt, dass du damit sterblich wirst wie sie, dass du also nur eine kurze Zeit unter ihnen sein kannst? Was ist dann mit denen, die nach deiner Zeit da unten leben? Sie haben ja dann nichts mehr von dir.»

«Das habe ich besser überlegt als du», sagte Gott, der Herr, zu dem kritischen Engel. «Selbstverständlich werde ich in meiner irdischen Gestalt sterblich sein wie sie. Es wird sogar noch anders kommen. Sie werden mich töten, weil sie die Liebe nicht einmal inkognito ertragen, so entfremdet sind sie ihr. Aber ich werde auch nach meinem irdischen Tod weiterhin bei ihnen sein, in der Gestalt meines zerbrochenen Leibes und vergossenen Blutes, im Brot und Wein des Abendmahls. Wenn sie das Wort meiner Liebe hören, werden sie sich an diese Zeichen halten und wissen: ‹Er ist mitten unter uns.› Und sie werden mich in meiner Liebe zu ihnen erkennen.»

Dann wartete man im Himmel gespannt auf die Rückkehr des Engels Gabriel von seiner Mission nach Nazareth. Als er zwei Tage darauf wieder im Himmel ankam, musste er gleich vor Gott, den Herrn, treten. Der fragte den Engel Gabriel:

«Was hast du zu Maria, dem Mädchen in Nazareth, gesagt?»

Und Gabriel antwortete: «‹Sei gegrüßt, du Begnadete, der Herr ist mit dir›, habe ich gesagt.»

«Und sie?», fragte Gott, der Herr.

«Sie erschrak über das Wort und wusste nicht, was sie davon halten sollte», erzählte Gabriel. «Dann sagte ich weiter: ‹Fürchte dich nicht, Maria, du hast Gnade bei Gott gefunden.› Und dann teilte ich ihr mit, dass ihr erstes Kind der Heiland der Menschen sein werde. Sie zögerte lange, wollte mir nicht glauben, aber schließlich wusste sie nichts zu sagen als: ‹Siehe, ich bin des Herrn Magd; mir geschehe nach deinem Wort.›»

Da lächelte Gott, der Herr, zufrieden und sagte: «So habe ich es mit allen Menschen vor. Ich will zu ihnen gehen. Sie werden zuerst erschrecken, wenn sie merken, wie nahe ich ihnen bin, und werden nicht wissen, was sie davon halten sollen. Aber ich werde nicht nachlassen und werde nicht aufhören, sie zu lieben und bei ihnen zu sein, bis alle zusammen nichts anderes mehr sagen können als: ‹Siehe, wir sind deine Knechte und Mägde. Uns geschehe nach dem Wort deiner Gnade.›»

Niederdorfweihnacht

Hannes, ein alter Tippelbruder und Spritvertilger, kam am Heiligabend nach Zürich. Was er noch in der Tasche hatte, viel war es nicht, setzte er in einer der wenigen geöffneten Beizen im Niederdorf in Flüssiges um. Dann schlief er für seine letzten Franken bei der Heilsarmee. Als er am Weihnachtsmorgen erwachte, galt seine erste Sorge dem Geld. Es reichte gerade noch für einen Kaffee, dann war er bankrott. Geld musste her, wenn er heute etwas essen wollte. Aber wie zu Geld kommen, am Weihnachtstag? Hannes beschloss, auf Betteltour zu gehen. In Zollikon wusste er ein Pfarrhaus, wo man selten leer ausging. Und wenn er dann noch in Küsnacht beim katholischen Pfarrer einen Zehner bekam, war wieder ein Tag gesichert. Also machte sich Hannes am Weihnachtsvormittag auf die Socken.

Er hatte Pech. Der Pfarrer in Zollikon war nicht zu Hause. ‹Vielleicht ist er noch in der Kirche und kommt bald zurück›, dachte Hannes. Doch er wartete vergeblich. Und in Küsnacht erschien nur die Köchin an der Tür und aus der waren nicht mehr als zwei magere Fränklein herauszuholen.

Hannes gab auf. Er wusste, dass die Feiertage in diesem Geschäft nicht gut waren. Er tippelte ins Niederdorf zurück, ließ sich von einem weichherzigen Kollegen etwas spendieren und trank ein Schnäpschen dazu; dann ging er wieder hinaus und hielt Maulaffen feil auf dem Hirschenplatz. Wenn er daran dachte, dass er nicht einmal eine Übernachtung bezahlen konnte, wurde ihm ungemütlich. In der Nacht war es jetzt draußen bissig kalt. Wenn er wenigstens irgendwo etwas hätte mitgehen lassen können! Aber die Läden waren geschlossen am Weihnachtstag und es waren kaum Leute auf der Straße.

Gegen Abend, Hannes fühlte sich vor Hunger schon schwach auf den Beinen, begannen die Glocken der Predigerkirche zu läuten. «Da ist jetzt so eine Feier und da gibt's immer etwas hinterher, ein Geschenk», sagte einer, der hinging. ‹Warum soll ich nicht auch gehen?›, dachte Hannes. ‹Wenigstens warm ist es dort drinnen, und wer weiß, vielleicht gibt's tatsächlich etwas zu beißen.›

Also ging er hinein. Er setzte sich hinten hin, weil er der Geschichte nicht recht traute. Vorne brannten die Kerzen am Christbaum, die Orgel brauste und der Pfarrer stieg auf die Kanzel und begann zu reden. Und in dem Augenblick, als der Pfarrer zu reden begann, kam jemand verspätet hinten zur Tür herein und setzte sich direkt neben Hannes.

Hannes achtete zuerst nicht darauf. Doch dann stieg ihm ein Parfüm in die Nase und er schaute diskret, wer da neben ihm sitze. Es war eine Dame. Ein anderes Wort fiel Hannes dazu nicht ein. Eine wirkliche Dame, wie

Hannes sie sonst nur von ferne sah. Sie war kein junges Mädchen mehr, aber auch noch gar nicht alt. Sie hatte ein hübsches Gesicht, das Hannes nicht so deutlich sah. Dafür sah er deutlich den schönen Pelz, den die Dame trug, und nach einiger Zeit sah er aus dem Augenwinkel auch das Armband an ihrem Handgelenk.

Weit vorn redete der Pfarrer ins Mikrophon. Hannes glaubte die Weihnachtsgeschichte zu erkennen. Als Kind hatte er sie oft gehört. Da kamen Hirten und Engel drin vor, viele Engel, erinnerte sich Hannes. Aber Augen hatte er nur für die Dame, die neben ihm saß. Und auch seine Gedanken waren hauptsächlich mit der Dame beschäftigt. Die besaß einen Pelzmantel. Und ein Armband. Die musste reich sein. ‹Besitzt sie vielleicht zufällig auch ein Portemonnaie?›, fragte sich Hannes. Er überlegte, wie das wäre, wenn das Portemonnaie der Dame aus der Tasche ihres Pelzmantels rutschen würde, rein zufällig, und geradewegs neben ihn auf die Kirchenbank. Falls das Portemonnaie nicht von allein herausrutschen wollte, dann konnte ja ein bisschen nachgeholfen werden. Wenn man es geschickt genug anstellte!

Hannes war eigentlich kein Taschendieb, aber wenn sich eine gute Gelegenheit bot, war er nicht der, der sie ausließ. Je länger er überlegte, desto sicherer war er, dass ein Glücksfall die Dame neben ihn gesetzt hatte. Und wenn das Glück sich einem so aufdrängte, wäre man ja undankbar, es vorbeigehen zu lassen.

«Euch ist heute der Heiland geboren», rief der Pfarrer von der Kanzel. ‹Und mir ist heute diese Dame hier begegnet›, dachte Hannes und spähte weiterhin nach ihrem Portemonnaie.

Der Pfarrer redete davon, was für ein großes Geschenk es sei, dass dieser Jesus für uns geboren worden sei. ‹Und diese Dame, die ist extra für mich hierher gekommen›, dachte Hannes. ‹Wahrscheinlich hat sie eine Tasche bei sich und das Portemonnaie liegt in der Tasche.› Er lehnte sich ein wenig vor, um besser sehen zu können. Tatsächlich, die Dame hatte eine Tasche neben sich auf der Bank – aber auf der andern Seite.

Hannes zerbrach sich den Kopf, wie er es anstellen könnte, dass die Dame die Tasche auf seine Seite stellte. Sollte er einen Hustenanfall vortäuschen? Dann holte sie vielleicht ein Hustenbonbon aus der Tasche, um es ihm zu geben. Doch was sprach dagegen, dass sie die Tasche wieder an denselben Platz zurückstellte?

Währenddessen ging des Pfarrers Predigt langsam ihrem Ende zu. Der Chor sang schon zum zweiten Mal und Hannes begann auszurechnen, wie viel Zeit ihm noch blieb, um an das Portemonnaie der Dame heranzukommen. Er war wütend darüber, dass der Mensch nicht mit bloßen Gedanken Gegenstände bewegen kann.

Als zum zweiten Mal gebetet wurde, betete Hannes mit. ‹Lieber Gott, gib mir eine Chance, an die Tasche heranzukommen, nur eine kleine, winzige Chance›, betete er. Doch der Gottesdienst ging unbarmherzig dem

Ende entgegen. Der Pfarrer teilte mit, dass die Kollekte für irgendein Hilfswerk bestimmt sei.

Was geschah da? Hannes traute seinen Augen nicht. Das war die Chance. Gott hatte ein Einsehen! Die Dame griff nach der Tasche, um etwas für die Kollekte aus dem Portemonnaie zu holen.

Hannes getraute sich kaum mehr zu atmen. Die Dame legte die Tasche auf ihren Schoß, öffnete sie, begann darin herumzukramen. Sie kramte, schüttelte den Kopf und kramte weiter. Hannes war es, als habe er einen Schlag ins Genick bekommen. Ihm dämmerte, dass die Dame ihr Portemonnaie vergessen hatte. Zu Hause liegen lassen! Weg die Chance. Vergeblich die Hoffnung!

Dumpf vor Ärger stand er auf zum Segen, wie alle. Als der Pfarrer ‹Amen› sagte, setzte er sich nicht wieder hin. Er wollte nicht auf die Verteilung der Päcklein warten – sollten die doch ihre Pakete selber behalten! Er ging hinaus.

An der Kirchentür wartete die Dame auf ihn. «Hören Sie», sprach sie Hannes an, «ich habe leider mein Portemonnaie zu Hause liegen lassen. Aber nehmen Sie das hier als Weihnachtsgeschenk von mir.» Sie hob den linken Arm, nahm das Armband vom Handgelenk und hielt es Hannes hin.

Er wusste nicht, wie ihm war. Er glaubte zu träumen. Langsam streckte er die Hand nach dem Band aus, starrte es an, als habe er noch nie ein Armband gesehen, und als er hochschaute, war die Dame weg. Wie vom Erdboden verschluckt oder durch die Luft entschwebt.

Hannes konnte sich lange nicht fassen. Er stolperte auf den Zähringerplatz hinaus. Zwischen den Autos blieb er stehen und betrachtete wieder das Armband. Es war kein Traum. Er hielt es in seiner Hand. So etwas hatte ihm noch nie gehört. Die Freude rieselte durch ihn hindurch wie teurer Wein und wärmte ihn.

Jetzt kamen langsam seine Kollegen aus der Predigerkirche, jeder trug einen Geschenksack. «Warum bist du davongelaufen, du Esel, hast ja die Hauptsache verpasst», sagte einer zu Hannes.

«Du hast mehr verpasst als ich», sagte Hannes geheimnisvoll. Dann rief er: «Kolleginnen und Kollegen, kommt mit mir. Ich lade euch alle ein. Wir machen ein Fest!»

«Fehlt's dem?», fragten die einen. «Hat er das große Los gezogen?», fragten die andern.

«Ja, ich habe so etwas wie das große Los gezogen», rief Hannes. «Mir ist nämlich heute der Weihnachtsengel persönlich erschienen und hat mir etwas gebracht.»

Er lief voraus. Die andern folgten. In einer Wirtschaft setzten sie sich um einen großen Tisch.

«Wirt, wie viel ist dir das wert?», rief Hannes und zeigte dem Wirt das Armband. Zuerst wollte der Wirt nicht recht, dann bot er tausend Franken.

Da ließ Hannes auftischen für sich und die Kollegen.

Schinken und Zopf und französischen Wein, und immer nochmals Wein und nochmals. Und alle saßen sie um den Tisch herum und feierten bis zum Morgen.

Als Hannes gezahlt hatte und aus der Wirtschaft torkelte, war er bettschwer vom vielen Wein. Es blieb ihm noch so viel von dem Geld, dass er ein gutes Zimmer nehmen konnte. Dort fiel er aufs Bett und schlief sofort ein.

Im Traum erschien Hannes die Dame wieder. Sie redete ihn an.

«Du hast mich bei deinen Kollegen einen Engel genannt», sagte sie. «Du hast Recht gehabt. Ich bin einer. Von Gott zu dir geschickt, damit du eine schöne Weihnacht hast.»

«Danke für das große Geschenk», stammelte Hannes im Traum.

«Das ist nur der Anfang», sagte die Dame. «Was meinst du, was ist mehr wert, ein Armband oder ein Mensch?»

«Wahrscheinlich schon ein Mensch», sagte Hannes.

«Und siehst du, an der Weihnacht hat Gott dir und allen Leuten einen Menschen geschenkt. Den Menschen Jesus.»

«Und was meinst du», fuhr der Engel fort, «wie viele Armbänder ist das Himmelreich wert?»

«Sicher unzählige Armbänder», sagte Hannes.

«Ja, denn Gottes Reichtum ist unendlich viel größer als alle Armbänder der Welt. Und diesen großen Reichtum, den wird Gott mit dir und allen Menschen teilen, wenn er euch heimholt in sein Reich.»

«Mit mir auch?», fragte Hannes.

«Ja, mit dir auch», sagte der Engel. «Heute hast du ja schon wie im Himmel gefeiert.»

Die Geschichte vom Engel an der Himmelstüre

Am Anfang hatte Gott vor, im Paradies mit den Menschen zusammenzuleben. Aber die Menschen wollten selber groß sein und selber die Kraft des Lebens haben – darum planten sie Gott zu entthronen und sich an seine Stelle zu setzen. Als Gott das merkte, wurde er zornig und verbannte die Menschen zur Strafe aus dem Paradies. Und Gott rief einen der großen Engel und befahl ihm: «Du nimmst ein Schwert und stellst dich damit vor dem Tor zum Paradies auf. Du darfst niemanden hereinlassen. Wenn einer von den Menschen daherkommt und ins Paradies will, dann jagst du ihn fort. Ich will die Menschen nicht mehr im Paradies haben. Mit ihrer krankhaften Ehrsucht machen sie es mir nur kaputt.»

Der Engel wagte Gott zu widersprechen. «Du bist doch der Vater der Menschen. So ganz kannst du dich doch nicht von ihnen abwenden.»

«Ja, ich bin der Schöpfer der Menschen», sagte Gott. «Aber ich habe die Menschen anders gemeint.» Und er schärfte dem Engel noch einmal ein, ja aufzupassen und niemanden ins Paradies zu lassen. «Für die Menschen ist mein Paradies verschlossen», sagte Gott.

Da holte der Engel im himmlischen Zeughaus ein großes Schwert und stellte sich als Wache am Eingang zum Paradies auf. Wenn er geradeaus schaute, sah er auf die Erde und sah die Menschen, wie sie lebten und was sie taten. Und wenn er über die Schulter zurückschaute, sah er ins Paradies.

Zuerst hatte der Engel Erbarmen mit den Menschen. Er erkannte, wie sie sich abmühen mussten auf der Erde. Dann aber merkte er auch, wie sie sich untereinander aufführten, wie sie gegeneinander waren, einander alles missgönnten, wie sie Krieg führten und einander betrogen. Je länger der Engel das Treiben der Menschen auf der Erde sah, desto mehr musste er Gott Recht geben. Und schließlich war der Engel auch davon überzeugt, dass die Menschen nicht ins Paradies gehörten.

So stand er vor der Tür und hielt sein Schwert fest in beiden Händen und machte ein strenges Gesicht. Und wenn einer von den Menschen sich auch nur von ferne der Himmelspforte näherte, winkte der Engel schon ab mit seinem Schwert und vertrieb ihn. So wurde das Los der Menschen auf der Erde immer trauriger, und die Menschen wurden gegen andere und gegen sich selber immer böser.

Manchmal schaute der Engel über seine Schulter zurück ins Paradies. Da sah er, wie Gott in seinem Garten spazierte. In der ersten Zeit sah Gott ganz fröhlich aus. Er war erleichtert, dass er die Menschen los war und im Paradies wieder seinen Frieden hatte. Aber nach einer Weile veränderte sich Gottes Gesicht. ‹Gott ist traurig›, dachte der Engel. Er fragte sich, ob es Gott vielleicht langweilig sei, so ohne Menschen. Gott sah aus wie einer, der nichts zu tun hat und nicht weiß, wofür er da ist. Und Gott ging immer ärgerlicher und unruhiger im Garten auf und ab.

So stand der Engel an der Himmelstür, lange Zeit, viele Jahrhunderte lang.

Eines Tages, als er wieder über die Schulter ins Paradies schaute, sah er, wie Gott sich mit seinem Sohn und mit dem Heiligen Geist unterhielt. Und er hörte, wie Gott zu den beiden sagte: «Ich will nicht länger warten. Schließlich bin ich für die Menschen da.»

Bald darauf entstand Unruhe im Himmel. Der Engel vor der Himmelstür sah seine Kollegen aufgeregt im Paradies herumflattern. Alle packten ihre Bündel. Da kam auch schon der Engel Gabriel geflogen. Unser Engel wollte ihn etwas fragen, aber der Engel Gabriel winkte ab und rief: «Ich habe es eilig. Ich muss nach Nazareth, um einer jungen Frau mitzuteilen, dass sie ein Kind bekommen wird.»

Unser Engel schüttelte den Kopf. Er hatte auf seinem Posten schon hunderttausendmal gesehen, wie auf der Welt ein Kind geboren wurde. Aber noch niemals war das durch einen Engel angekündigt worden – und erst noch durch Gabriel!

Dann kam eine ganze Horde kleiner Engel aus dem Himmel herausgeflogen. Sie machten einen großen Lärm. «Wir müssen nach Bethlehem, müssen Musik machen über dem Dach eines Stalls», riefen sie und lachten vor Freude.

Am selben Tag kam einer von den himmlischen Dienern zu dem Engel an der Himmelstür und sagte: «Du sollst zum Chef kommen.»

«Ich darf hier nicht weg», sagte der Engel. «Gott hat es mir ausdrücklich verboten.»

«Aber jetzt hat er gesagt, ich soll dich rufen. Kommst du oder kommst du nicht?»

Dem Engel an der Himmelstür blieb nichts anderes übrig, als zu gehorchen. Er verließ seinen Posten und folgte dem Diener zu Gott. Aber er hatte ein wenig Angst, und als sie vor Gott traten, sagte er: «Ich wollte meinen Posten nicht verlassen – aber du habest mich rufen lassen. Jetzt kann ich natürlich nicht mehr garantieren, dass nicht doch etwa ein Mensch ins Paradies hereinkommt!»

«Das macht nichts», sagte Gott, und er machte ein fröhliches Gesicht. «Die sollen nur kommen. Und du, mein lieber Engel, du sollst sie rufen. Du bekommst von mir einen neuen Auftrag. Der ist wichtiger als der alte. Du fliegst jetzt nach Bethlehem. Bring das Schwert ins Zeughaus zurück und lass dir dort eine Karte von der Erde geben, damit du die Stadt auch findest. Außerhalb von Bethlehem weiden Hirten ihre Herden auf dem Feld. Das sind die, die am meisten Last und Angst zu tragen haben im Leben. Zu denen gehst du und sagst ihnen, sie sollen sich nicht länger fürchten. Der Himmel sei nicht mehr zu. Er stehe offen für sie – und sie sollen nur kommen und vertrauensvoll eintreten. Ich erwarte sie. Ich will wieder mit ihnen zusammen sein.»

Das war der neue Auftrag des Engels an der Himmelstür. Statt den Menschen mit dem Schwert Angst zu machen, sollte er zu den Menschen gehen und ihnen sagen: «Fürchtet euch nicht. Seht, ich verkündige euch große Freude, die allem Volk widerfahren wird. Euch ist heute der Heiland geboren. Die Himmelstür ist offen für euch. Freut euch und tretet ein.»

Werden wie ein Kind

Wir kennen alle die Heiligen Drei Könige, die aus dem Morgenland nach Bethlehem kamen, um den neugeborenen Jesus anzubeten und ihm ihre Geschenke zu bringen. Sie heißen Kaspar, Melchior und Balthasar; aber welcher genau welchen Namen trug, ist nicht so klar. Wir nennen den schwarzen König Balthasar, und in unserer Krippe zu Hause ist er ein Jüngling mit gekraustem Haar. Von den beiden Königen mit weißer Haut ist bei unseren Krippenfiguren einer im mittleren Alter, und der andere ist ein alter Mann mit einer Glatze und einem langen, weißen Bart. Den nennen wir Melchior. Und von diesem König Melchior will ich erzählen.

Der König Melchior, dieser alte Mann, war gerade frisch im Ruhestand. Sein Sohn mochte es kaum erwarten, dass er die Nachfolge des Vaters antreten konnte, um alles besser zu machen als der Alte, wie er meinte; und weil Melchior es merkte, verleidete ihm das Königsein immer mehr, und er trat zurück und machte seinem Sohn Platz. Als Pensionär hatte der König Melchior jetzt viel Zeit; und so konnte er endlich seinem Hobby nachgehen. Das war die Sternkunde. In klaren Nächten beobachtete er stundenlang von der Zinne des Palastes den Sternenhimmel; und am Tag notierte er sich, was er gesehen hatte, und forschte nach, was es bedeute.

Als er einen Kometen am Himmel im Westen sah, musste er weit herumfragen, was der zu bedeuten habe. Ein alter Schriftgelehrter konnte es ihm sagen. «Dieser Komet sagt, dass der Großkönig der Welt erschienen ist.»

Weil er Zeit hatte, und weil es ihn interessierte, beschloss der pensionierte König Melchior, dem Großkönig, diesem König unter allen Königen, einen Besuch abzustatten. Er müsse dann auch nicht mit ansehen, was sein Sohn alles für Dummheiten mache, dachte der König Melchior und ging auf die Reise. Seit er nämlich nicht mehr regierte, schien es ihm, alles laufe verkehrt im Staat, und er ärgerte sich oft darüber.

Unterwegs traf König Melchior einen zweiten König. Der war jünger als er, stellte sich als Kaspar vor und sagte, er sei auch auf der Suche nach dem König aller Könige. Die beiden reisten zusammen weiter; sie erzählten einander, woher sie kamen und wie sie regierten, und der König Melchior sagte dabei zum König Kaspar: «Du bist ja noch nicht alt, aber irgendwann wirst du es sein. Und ich kann dir sagen: Es ist nicht leicht, alt zu werden. Man meint doch, man wisse, wie man alles richtig mache. Schließlich hat man Lebenserfahrung. Und dann kommen diese jungen Leute und wollen alles besser wissen und stellen alles auf den Kopf. Mir ist es manchmal ganz angst um unser Land und um die ganze Welt. Wo führt das nur hin?»

Der andere König, Kaspar, wollte gerade etwas sagen,

da kam aus einer Seitenstraße ein dritter König daher, ein junger Schwarzer. Die zwei sagten «Grüß Gott» und fragten, ob er etwa auch den neuen Großkönig suche. Ja, das tue er, sagte der Dritte, und er heiße Balthasar. Und so zogen sie zu dritt weiter.

Auf dem Weg nach Westen rätselten sie darüber, was sie wohl finden würden am Ziel ihrer Reise.

«Der Stern zeigt in die Gegend von Jerusalem», sagte Kaspar. «Sicher hat sich dort einer zum König ausgerufen und sitzt jetzt auf Davids Thron. Es war aber auch langsam Zeit. Die ganze Welt kann ja nicht nur den Römern gehören!»

Die drei zeigten einander, was sie für den Großkönig als Geschenk mitgenommen hatten. Gold, Weihrauch und Myrrhe hatten sie bei sich, das Kostbarste, was man sich denken konnte.

«Hoffentlich ist er freundlich mit uns und wir sind ihm nicht zu gering», sagte Kaspar. Und die beiden anderen nickten.

Wir wissen, wie es den dreien dann erging. Sie fanden nicht ihren Großkönig in Jerusalem, sondern nur den Herodes. Doch der Stern führte sie weiter in die kleine Stadt Bethlehem, dort in einen Stall an eine Krippe, und in der Krippe lag ein neugeborenes Kind.

Für den alten König Melchior war das eine große Enttäuschung. Er ließ sich zwar nichts anmerken, aber er hatte etwas anderes erwartet. Wie sollte aus diesem Kind bescheidener Eltern der Großkönig werden? Um einen

Säugling in einem Stall anzuschauen, hätte er ja wirklich nicht den weiten Weg machen müssen.

Trotzdem kniete er nieder vor der Krippe, legte sein Geschenk hinein, und am nächsten Tag machte er sich mit den beiden anderen wieder auf den Heimweg.

Wie sie so liefen, sagte der schwarze König Balthasar: «So ein Kind ist doch einfach ein Wunder. An einem Kind merkt man, dass die Zukunft nicht von uns selber kommt.»

«Jaja», sagte Kaspar, «wir meinen, wir machen die Zukunft. Aber das ist das Zeichen des Lebens. So ist es nämlich mit dem Leben überhaupt, und so ist es mit der Zukunft: sie ist ein Geschenk. Und sie bringt immer etwas Neues, mehr, als wir in der Gegenwart ahnen. Sie ist das Wunder des Lebens, das Gott schafft.»

Das Gerede seiner beiden Kollegen ging dem pensionierten König Melchior ein wenig auf die Nerven. Man hätte auch meinen können, was das sei, so ein kleines Kind. Und darum sagte er: «Aber es ist auch nichts an so einem Wurm. Er ist ganz hilflos und wehrlos und allem ausgeliefert. Extrem gefährdet ist so ein Kind. Wenn man es zum Beispiel mit uns Erwachsenen vergleicht ...»

«Ja, du hast Recht», sagte darauf der König Balthasar. «Wir sind stark. Oder wir meinen es wenigstens zu sein. Aber wenn wir nicht werden wie die Kinder, und wenn wir nicht von den Kindern lernen, dann haben wir keine Zukunft, trotz all unserer Stärke.»

Das wollte dem alten König Melchior nicht recht in

den Kopf. Bald darauf verabschiedete er sich an einer Kreuzung von den zwei anderen und zog heimwärts. Es war eine anstrengende Reise, und als Melchior zu Hause war, merkte er, dass er sich damit übernommen hatte. Aber statt sich zu erholen, wurde er mit jedem Tag schwächer. «Der alte König gibt schwer ab», flüsterten seine Diener und seine Verwandten. Melchior spürte selber, dass es bergab mit ihm ging. Die Beine wollten nicht mehr, und auch der Kopf werde immer unnützer, dünkte ihn. Er wurde vergesslich. Und das machte ihm alles schwer zu schaffen.

«Es ist nicht schön, alt zu werden», sagte er zu seinem treuesten Diener fast täglich, «man wird wie ein Kind, wehrlos und hilfsbedürftig. Das ist hart für einen, der einmal stark war und allen gesagt hat, wo's langgeht.»

Eines Nachts, als der König Melchior nur unruhig schlafen konnte, kam er sich vor, als wäre er wieder ein kleines Kind. Er sah im Traum die Krippe im Stall von Bethlehem mit dem Kind darin. Und er hörte den König Balthasar sagen: «So ein Kind zeigt, dass die Zeit aus Gottes Händen kommt. In seiner Schwäche ist es ein Versprechen des Lebens. Die Zeit, die Zukunft, das Leben sind Gottes Geschenk; er schafft sie und bringt in ihnen zum Vorschein, was wir uns gar nicht vorstellen können.»

Als Melchior erwachte, hatte er das Gefühl, nichts mehr vor sich zu haben, wenn er auf sich schaute, auf sein Alter und seine abnehmenden Kräfte. Aber wenn es stimmt, dass sich an den Kindern zeigt, dass das Leben aus Gott kommt und die Zukunft Gottes Werk ist, dann war es gut, als alter Mensch wieder fast ein Kind zu werden. Dann lag darauf das Versprechen des Lebens.

Jetzt dachte der König Melchior voll Liebe an das Kind in der Krippe. Es war ihm ein Trost und ein Halt. Und er schlief ganz tief ein. Vielleicht schlief er in dieser Nacht schon hinüber in die große Zukunft, die das Werk Gottes für uns Menschen ist.

Der Weihnachtskrimi

Letztes Jahr erlebte der Dorfpolizist von Bivio einen veritablen Weihnachtskrimi. Auch Paul und Anna, ein Ehepaar aus Zürich, erlebten einen, und noch jemand, den ihr gleich kennen lernen werdet.

Paul und Anna sind sportliche und bergbegeisterte Leute. Im Sommer Bergtouren, im Winter Ski fahren, das bedeutet ihnen viel. Vor Jahren haben sie in der Nähe von Bivio eine Berghütte gekauft, ein Häuschen schön für sich, weitab vom Dorf. Eigentlich ist es ein Stall, und über dem Stall, wo früher die Heubühne war, sind die zwei Zimmer, eins zum Wohnen, eins zum Schlafen, dazu die Küche.

Die Hütte, wie Paul und Anna es nennen, steht am Hang. Von vorn gelangt man in den ehemaligen Stall, von hinten ebenerdig in die Wohnräume des ersten Stocks. Im Boden der Wohnstube gibt es eine Falltür. Von dort führt eine Leiter in den Stall hinunter. Wenn er pensioniert sei, sagte Paul früher immer, wolle er den Stall zu einem Atelier ausbauen. Jetzt ist er seit einem Jahr frühpensioniert, aber er hat mit dem Ausbau noch nicht begonnen.

Paul und Anna verbringen jedes Jahr die Weihnachtstage in ihrer Hütte. Da, so sagen sie, haben sie den Frieden, da sind sie weit weg von allem Lärm.

Letztes Jahr zur Vorweihnachtszeit trafen Paul und Anna alte Freunde, die sie seit Jahren nicht mehr gesehen hatten. Die wollten sie unbedingt am Abend des Weihnachtstages zum Essen einladen. Paul und Anna sagten mit Freuden zu, und auf der Heimfahrt fanden sie, es sei ja auch wieder einmal schön, an der Weihnacht nicht in der Hütte in den Bergen, sondern zu Hause in Zürich zu sein. In den folgenden Tagen, wenn jemand meinte: «Ihr werdet ja wieder in die Berge fahren», verkündeten Paul und Anna allen, diesmal würden sie zu Hause bleiben.

Sie freuten sich sehr auf die festliche Einladung. Aber sie freuten sich vergebens. Denn am Morgen des Vierundzwanzigsten rief die Freundin mit heiserer Stimme an und sagte, sie und ihr Mann lägen mit Grippe im Bett und an ein Essen zu viert am nächsten Tag sei nicht zu denken.

Paul war etwas verärgert, setzte sich nach dem Mittagessen vor den Fernseher und zappte, bis er einen Krimi gefunden hatte.

«Du wirst doch jetzt nicht den ganzen Heiligen Abend fernsehen», brummte Anna, die auch etwas verärgert war. «Und dann noch einen Krimi!»

«Wie wär's», sagte sie plötzlich, «wenn wir doch noch in die Hütte fahren würden?»

Warum nicht? Hier unten war es grau, dort oben war es schön. Hier unten hatten die Leute Grippe, dort oben waren sie fern von Grippe und allem sonstigen Übel. Sie packten schnell den Wagen, fuhren los und kamen noch bei Tageslicht in der Hütte an. Paul heizte den Ofen ein, Anna verräumte die Lebensmittel in der Küche.

«Jetzt haben wir keinen Weihnachtsbaum», sagte Anna.

«Morgen hole ich einen im Wald», antwortete Paul. Dann setzte er sich vor den Fernseher und suchte einen Krimi.

«Schon wieder deine ewigen Krimis», mäkelte Anna. «Man könnte meinen, du hältst den Frieden hier oben nicht aus. Ich fahre noch einmal ins Dorf hinunter. Ich brauche noch ein paar Dinge aus dem Laden.»

Anna kaufte gern im Bergdorf ein. Am liebsten ohne Paul. Der hatte es immer eilig. Sie aber ließ sich Zeit. Denn in den Läden erfuhr sie das Neueste aus der Gemeinde. Die junge Lehrerin hatte einen Freund, der Hotelier X wollte sich von seiner Frau trennen. Der Gemeinderat Y hatte seinen Rücktritt erklärt.

Auch heute gab es viel zu hören, und als Anna wieder in die Hütte hinauffuhr, war es schon dunkel. ‹Paul wird die ganze Zeit vor dem Fernseher gesessen haben›, dachte sie, als sie den Wagen in den kleinen Schuppen stellte, der früher ein Schafstall gewesen war.

Als Anna an der Haustür war, merkte sie sogleich, dass etwas nicht stimmte. Die Tür war aufgebrochen. Anna lief ins Haus und zündete in der Küche das Licht an. Beinahe wäre sie in den Stall hinuntergestürzt. Denn die Falltür mitten im Wohnzimmer stand offen wie das riesige Maul eines Krokodils. Anna schaute hinunter.

Dort lag Paul im Dämmerlicht und bewegte sich nicht. Sie sah seinen Rücken, seine grüne Windjacke. Das Gesicht war abgewandt. Sie rief, aber von unten kam keine Antwort. Sie wollte hinabsteigen, aber die Leiter war weg. Sie lief in die Küche, wo normalerweise der Stallschlüssel am Schlüsselbrett hing, aber der Schlüssel war nicht da.

Da begann Anna zu zittern und zu wimmern. Mit letzter Anstrengung hielt sie ihre Nerven im Zaum und telefonierte. Sie rief den Posten im Dorf unten an und kreischte ins Telefon, der Polizist solle sofort kommen, es sei etwas Schreckliches passiert.

«Was denn?», fragte der Polizist mit unerträglicher Langsamkeit.

«Ein Mord!», schrie Anna in die Muschel.

Der Dorfpolizist Caduff hatte einen strengen Tag gehabt. Er kam von der letzten Fahrt über den Julier nach Hause. Gottlob war sein Dienst in einer Stunde beendet. Er würde mit Frau und Kindern einen schönen, besinnlichen Heiligen Abend feiern.

Er hörte seine Frau in der Küche werken. Er trat in die Stube. Da lag doch wahrhaftig schon wieder sein Töchterchen Fränzi im großen Ohrenfauteuil und glotzte in die Mattscheibe. Und was lief? Natürlich ein Krimi. Caduff war mit zwei Schritten am Apparat und knipste aus.

«He, he», rief Fränzi.

«Meinst du, ich habe nicht den ganzen Tag Krimi genug? Bitte nicht auch noch am Heiligen Abend», sagte Caduff laut und resolut.

In diesem Augenblick klingelte das Telefon. Eine hysterische Frauenstimme. Zuerst verstand Caduff kein Wort. Dann merkte er, dass es die Frau aus dem Maiensäß war. Er kannte sie gut; sie und ihr Mann waren oft hier in den Ferien.

«Mord?», wiederholte er ungläubig.

«Musst du da nicht in Chur anrufen?», fragte Caduffs Frau, die aus der Küche gekommen war.

«Nicht so schnell. Erst will ich wissen, was passiert ist», sagte Caduff. Als er das Haus verließ, fluchte er leise. Bloß eine knappe Stunde später und er hätte mit der Geschichte nichts mehr zu tun, sondern könnte einen ruhigen Heiligen Abend genießen.

Er sah sofort, dass die Tür aufgebrochen war. Er fand die aufgelöste Frau in der Küche. Aus ihr war nur schwer etwas Zusammenhängendes herauszubekommen.

«Wir müssen in den Stall hinunter», sagte Caduff. «Vielleicht lebt Ihr Mann noch. Wenn der Schlüssel verschwunden ist, versuche ich halt, die Tür aufzubrechen.»

Er vergaß in der Aufregung ganz, dass er jetzt vielleicht wirklich Chur hätte anrufen müssen.

Am Mittag vor dem Heiligen Abend befiel den Wirtschaftsstudenten Heinz plötzlich Panik. Heinz war im letzten Semester und bereitete sich auf das Examen vor, das Ende Januar beginnen würde. Er büffelte nun schon seit Wochen und Monaten; er hatte seine Bücher und Notizen auch mit in den Thurgau genommen, wo er bei seinen Eltern Weihnacht feiern wollte. Aber mit einem Mal hatte er den Eindruck, er komme nicht weiter, könne sich nicht mehr konzentrieren. Alles ging ihm auf die Nerven; die Geräusche im Haus, die besorgte Liebenswürdigkeit seiner Frau, einfach alles. Er setzte sich vor den Fernsehapparat; ein Krimi lief. Da kam seine Mutter herein. «Aber doch nicht solches Zeug am Heiligen Abend», rief sie. Er musste weg. Doch wohin?

Seit dem ersten Semester wohnte Heinz in Zürich in einem Zimmer bei Paul und Anna. Sie mochten ihn gut, er mochte sie gut; sie waren immer gut miteinander ausgekommen, man konnte sagen, sie seien befreundet. Und Heinz war auch schon mit ihnen in ihrer Hütte oberhalb von Bivio gewesen. Ja, einmal hatten sie ihm die Hütte sogar für drei Wochen überlassen.

Er wusste, dass sie heuer zu Hause blieben. Also war die Hütte leer. Er wollte in Zürich anrufen und fragen, ob er über die Festtage hinaufdürfe.

Doch bei Paul und Anna meldete sich niemand. Und Heinz fiel die Decke auf den Kopf. Er musste weg! Er würde sie morgen anrufen; sie würden ihn verstehen und nichts dagegen haben, dass er die Hütte belegte. Er packte einen Koffer, sagte der verdutzten Mutter adieu und eilte auf den Bahnhof. In Tiefencastel erwischte er gerade noch das Postauto. Für den Fußmarsch aus dem Dorf hinauf brauchte er eine gute Stunde. Die Tür aufzubrechen war keine Kunst. Drinnen konnte man meinen, Paul und Anna seien eben noch hier gewesen. Heinz machte kein Licht; er wollte die Fensterläden schließen, damit man von draußen nicht auf ihn aufmerksam wurde. Doch zuerst musste er etwas trinken. Er öffnete im Dunkeln einen Schrank. Er bekam eine Flasche in die Hände und setzte sie an den Mund. Es war nicht Mineralwasser, wie er gemeint hatte, es musste Gin oder so etwas sein. Trotzdem nahm er ein paar tüchtige Schlucke. Und jetzt die Fensterläden im Wohnzimmer schließen. Er tastete sich durchs Dunkel ins Wohnzimmer vor.

Kurz nachdem Anna weggefahren war, um im Dorf einzukaufen, stellte Paul den Fernseher ab. Sie hatte Recht. Es passte irgendwie nicht zum Heiligen Abend, in die Kiste zu glotzen und Mord und Totschlag zuzuschauen. Paul ging in die Küche, um die Schneeschuhe anzuziehen. Aus dem Schrank holte er die kleine Säge. Er würde Anna überraschen. Wenn sie heimkam, würde ein Weihnachtsbäumchen im Wohnzimmer stehen.

Paul wusste, wo die kleinen Tannen standen. Der Bauer hatte ihm gesagt, er dürfe ruhig eine für sich holen. Nur – wie kam man bei dem glitschigen Schnee den Hang hinab? Da fiel Paul die Leiter ein. Er öffnete die Falltür im Wohnzimmer und lockerte die Verankerung. Dann nahm er den Schlüssel vom Brett in der Küche und ging ums Haus herum in den Stall. Er trug die Leiter hinaus, schloss den Stall hinter sich und machte sich auf den Weg. Die Leiter würde ihm an dem steilen Hang gute Dienste leisten; sie war nicht schwer. Die Falltür oben hatte er offen stehen lassen.

Der Polizist Caduff versuchte, die verschlossene Stalltür aufzustemmen, um zu Paul zu gelangen, der durch die offene Falltür gestürzt war. Anna stand neben ihm und weinte. Caduff fluchte leise. Die Tür gab kein Haar breit nach. Caduff kam ins Schwitzen.

«Was zum Kuckuck tut ihr zwei da?», sagte plötzlich eine Stimme. Paul stand neben ihnen, lebendig und ein Tännchen unter den Arm geklemmt. «Ich habe doch den Schlüssel.»

«Was machst denn du hier? Du bist doch tot!», stotterte Anna.

«Schnell», rief Caduff, packte den Schlüssel und schloss auf. Im Stall, auf einer Schütte von dem Stroh, das immer noch hier war, lag Heinz. Caduff kniete neben ihm nieder.

Jetzt stellte sich Paul vor Anna hin und fragte erregt: «Was wird hier gespielt? Ist der uns nachgefahren? Dann hab ich also doch Recht mit meinem Verdacht, dass er und du ... Du verwöhnst ihn ständig. Und meine Windjacke hast du ihm auch geschenkt. Wenn ich tot wäre, würd's euch gerade passen.»

«Das ist nicht wahr!», schrie Anna. «Du mit deiner Eifersucht! Du hast ihn heraufgelockt und umgebracht!»

«Er ist nicht tot», sagte Caduff. «Er ist nicht einmal bewusstlos. Er schläft.»

Und in diesem Augenblick ließ Heinz einen tiefen Schnarcher hören.

Da lachte Caduff. Paul und Anna schauten einander an und lachten auch. Und über dem Lachen der drei erwachte Heinz und fragte, was los sei.

Was dann los war, war schön. Caduff musste ins Dorf fahren und seine Familie holen. Paul stellte mit Heinz zusammen die Leiter wieder hin, die durch die Falltür in den Stall hinunterführte. Dann schmückten sie den Weihnachtsbaum, den Paul im Wald geholt hatte. Anna hantierte in der Küche und zauberte ein Weihnachtsessen auf den Tisch.

Als sie alle zufrieden und satt da saßen und in die flackernden Kerzen schauten, sagte der Polizist: «Jetzt sollte ich dann noch den Rapport aufnehmen. Immerhin war es Einbruch.»

«Vergiss es», sagte Paul. «Ein Kriminalfall passt doch nicht zum Heiligen Abend.»

Die Geschichte vom König Balthasar

Die drei Könige heißen: Kaspar, Melchior und Balthasar. Balthasar ist der Schwarze. Er kommt aus Afrika. Ich will euch jetzt erzählen, warum er zum Christkind nach Bethlehem kam, und wie es ihm weiter ergangen ist.

Balthasar wurde in Äthiopien in Afrika geboren, als Sohn des Königs. Als er noch ein Kind war, erzählte ihm seine Mutter oft von der Königin von Saba, von der seine Familie abstamme. Wie sie zum König Salomo nach Jerusalem gegangen sei und ihn bewundert habe. Und wie sie immer gesagt habe, es werde einmal aus Jerusalem ein großer König kommen, der über alle Menschen regieren und alle Menschen erlösen werde.

Balthasar war noch jung, als sein Vater starb und er selber König wurde. Eines Nachts sah er einen großen Stern am Himmel, der einen Schweif hinter sich herzog. Er fragte seine Wahrsager, was das zu bedeuten habe. Sie sagten: «Dieser Stern ist das Zeichen, dass irgendetwas Großes geschieht. Und zwar muss es im Land Israel geschehen, gemäß der Position des Sterns.»

Da dachte der König Balthasar: ‹Das ist sicher das Zeichen, dass der große König über alle Menschen geboren wird, von dem mir meine Mutter erzählt hat. Ich will nach Jerusalem gehen und ihm huldigen.› Er nahm einen großen Klumpen Gold aus seinem Staatsschatz und ließ die Reise vorbereiten.

Sein Hofmeister Menelik lachte ihn aus: «Du willst ein König sein und glaubst an solche Märchen? Es wird auf der Welt nie anders sein als jetzt. Und ein König, der uns das Reich Gottes bringt, den wird es niemals geben.»

Aber der König Balthasar reiste doch. Er fuhr übers Meer und stieg dann mit seinen Begleitern nach Jerusalem hinauf.

Unterwegs traf er zwei andere Könige. Die kamen aus dem Osten und hatten den Stern auch gesehen. Zu dritt gingen sie nach Jerusalem und ließen sich vom König Herodes den Weg nach Bethlehem zeigen. Dort trafen sie Jesus im Stall, in der Krippe, und seine Mutter Maria und seinen Vater Joseph und die Hirten. Ein wenig war der König Balthasar enttäuscht. Er hatte einen prächtigen König erwartet. Und jetzt war es nur ein Kind von armen Leuten, das in einer Krippe lag.

Als er wieder in seinem Land zurück war, musste er erzählen. Als er von dem kleinen Kind in der Krippe erzählte, lachte Menelik.

«Und das soll dein großer König aller Menschen sein?»

Aber der König Balthasar blieb dabei. «Ich habe den Stern gesehen», sagte er. «Und der Stern blieb über dem Stall stehen. Also ist dieses Kind der König aller Menschen. Er wird auch zu uns kommen und über uns regieren und uns von allem Übel erlösen.»

Weil er den großen König erwartete, ließ Balthasar

neben seinem Schloss einen wunderbaren Palast bauen, damit der König der Menschen darin wohnen könne, wenn er nach Äthiopien komme. In die Stadtmauer ließ er ein prächtiges Tor brechen, durch das der König einziehen würde. Wieder spottete sein Hofmeister Menelik. Als der Palast und das Tor gebaut waren, wartete Balthasar. Er wartete zehn Jahre, zwanzig Jahre, und immer noch hörte man nichts von dem König aller Menschen. Und immer wieder lachte der Hofmeister Menelik ihn aus und sagte: «Der König spinnt. Der meint, ein kleines Kind im Stall sei der Heiland der Menschen.»

Einmal kam eine Hungersnot über das Land. Viele starben. Der König Balthasar aber verteilte alles, was er hatte. Er machte allen Leuten Mut und sagte: «Verzweifelt nicht. Bald wird der König aller Menschen kommen. Dann ist alles gut.»

Aber immer noch kam der große König nicht. Balthasar wurde alt. Und als er schon sehr alt war, da brach in seiner Stadt eine böse Krankheit aus – der Aussatz. Alle reichen Leute flüchteten aus der Stadt, um nicht angesteckt zu werden. Aber der König blieb. Er ging zu den Kranken, sprach ihnen Mut zu und sagte: «Hofft auf den Heiland! Ich habe ihn gesehen, als er geboren wurde. Er wird jetzt sicher bald kommen.»

Balthasar ging so viel zu den Kranken, dass er selber von der bösen Krankheit angesteckt wurde. «Das hast du von deinem Geschwätz», höhnte Menelik. Da glaubte Balthasar auch beinahe nicht mehr, dass der König der

Menschen wirklich gekommen sei. Er schickte einen Boten nach Israel, damit er erfahre, wo der Heiland bleibe.

Nach vielen Wochen kam der Bote zurück. Er erzählte, was er in Jerusalem gesehen hatte. «Den, welchen du gesucht hast, den haben sie auf einem Hügel außerhalb von Jerusalem gekreuzigt. Er hat gelitten und ist gestorben.»

Der Hofmeister Menelik sagte: «Da haben wir es. All deine Hoffnung war vergebens.»

Aber der König Balthasar schüttelte den Kopf. «Jetzt begreife ich alles», sagte er. «Der König der Menschen, der uns rettet, er zieht in unsere Herzen ein, nicht durch prächtige Tore. In unserem Herzen will er wohnen, nicht in Palästen. Er hilft uns leben und leiden und sterben. Das ist viel besser, als wenn er nur käme, um über uns zu regieren. Er ist eben doch der Heiland.»

Und der König Balthasar ließ den Palast öffnen, den er für den Heiland gebaut hatte, und alle Kranken aus der Stadt wurden darin aufgenommen. Dann lobte der König Gott, der ihn den Heiland hatte sehen lassen, und starb in Frieden.

Eine neue Legende vom vierten König

Ihr kennt die Geschichte von den Weisen aus dem Morgenland, die dem Stern nachliefen und dem kleinen Jesus Gold, Weihrauch und Myrrhe brachten. Ihr wisst sicher auch, dass wegen der drei königlichen Geschenke der Volksmund aus den Weisen Könige machte, und zwar drei an der Zahl. Und natürlich habt ihr schon Geschichten von einem vierten König gehört; davon gehen viele um. Ich erzähle euch heute eine neue.

Es waren tatsächlich vier, die im Morgenland den Stern sahen und sich aufmachten, dem neugeborenen König der Juden zu huldigen. Weise, Propheten also, waren sie, Könige und Priester in einem. Und in diesem dreifachen Amt war jeder von ihnen ein geachteter und mächtiger Mann. Als der geachtetste und mächtigste von allen vieren aber galt weder Kaspar noch Melchior oder Balthasar, sondern Primus, obwohl er mit Abstand der jüngste war. Er war der Erste, der von seinem Tempelturm aus den unbekannten Stern sah und alsogleich begriff, was er bedeutete. Er machte seine drei Nachbarn und Freunde darauf aufmerksam und gab den Rat, es wäre klug und vorsichtig, dem neuen König in Jerusalem die Reverenz zu erweisen.

Also sprachen die vier sich miteinander ab und rüsteten eine wahrhaft königliche Karawane aus. Kaspar, Melchior und Balthasar nahmen Gold, Weihrauch und Myrrhe als Geschenke mit. Primus packte die größte Perle seiner Kronjuwelen ein, um sie dem König der Juden zu verehren. Perlen, müsst ihr wissen, galten damals mehr als Edelsteine und Gold.

Die vier machten sich auf den Weg, dem Stern nach, der ihnen in die Gegend von Jerusalem leuchtete.

«Ich bin gespannt auf den neuen König der Juden», sagte Primus zu seinen Kollegen. «Hoffentlich bekommen wir endlich wieder einen verlässlichen und kultivierten Nachbarn, einen andern als diesen Herodes, der nur mächtig angeben kann, aber ein Barbar ist.»

Die drei andern nickten. «Allerdings vergesst nicht: Die Dattel fällt nicht weit vom Stamm», sagte Melchior. Denn die drei meinten natürlich, dass dem Herodes ein Sohn geboren worden sei.

Als die vier Könige aber nach Jerusalem kamen und im Palast vorsprachen, merkten sie schnell, dass sie sich getäuscht hatten. Ihre Nachfrage erregte große Unruhe und sie spürten durch die Freundlichkeit des Königs Herodes hindurch sein lauerndes Misstrauen. Der Mann zitterte vor Aufregung und ließ sogleich die Gelehrten, Propheten und Weissager der Stadt zusammentrommeln, um sie zu fragen, wo der neue König der Juden geboren werden solle.

Die Gelehrten strichen sich über den Bart, die Weissager bissen sich auf die Lippen und die Propheten blickten zum Himmel auf. Keiner wollte mit dem Wort herausrücken, denn alle wussten, dass, wer die Prophezeiung des neuen Königs in den Mund nahm, fortan den König Herodes zum Todfeind hatte.

Aber Herodes ließ nicht locker und schließlich schauten die Gelehrten, Weissager und Propheten einander voll Verzweiflung an und flüsterten im Chor: «In Bethlehem.»

«Wieso in diesem Kaff?», bellte Herodes.

«Weil es so in der Heiligen Schrift geschrieben steht, Majestät», sagte der Hohepriester und bangte sichtbar um sein Leben.

«Ihr mit euren Heiligen Schriften!», brummte Herodes und schickte die Gelehrten, Weissager und Propheten fort. Dann setzte er wieder sein heuchelndes Gastgebergesicht auf und nahm den vier ausländischen Königen das Versprechen ab, dass sie zu ihm zurückkommen und ihm berichten würden, wenn sie den neugeborenen König der Juden in Bethlehem gefunden hätten. Die vier bedankten sich bei Herodes und gingen zur Tür hinaus.

«Leichtgläubige Dummköpfe», schimpfte Herodes, so dass sie es noch hörten.

Kaum hatten sie die Königsstadt hinter sich, sagte Primus: «Für einen König ist doch nur die schönste Stadt des Landes gut genug. Das wäre ohne Zweifel Jerusalem. Und Herodes sagte, Bethlehem sei ein Kaff. Was kann aus einem Kaff schon Großes und Gutes kommen?»

«Mir scheint, du hast vergessen, dass aus Bethlehem

David kam, der bedeutendste König, den Israel je hatte», sagte Melchior.

«Du hast Recht!», rief Primus. «Das erklärt, warum Herodes die Stadt schlecht macht. Er ist ein Emporkömmling; das Neugeborene aber stammt aus tausendjährigem Adel, das Vornehmste weit und breit.» Und Primus freute sich, das königliche Kind zu sehen, und Kaspar, Melchior und Balthasar freuten sich mit ihm.

Sie erwarteten eine festlich herausgeputzte Stadt, reich beflaggt und freudig gestimmt ob der Geburt des künftigen Königs. Stattdessen zogen sie in ein heruntergekommenes Landstädtchen ein, in dem ein heilloses Durcheinander herrschte, weil auf Befehl des römischen Kaisers gerade eine Volkszählung durchgeführt wurde. Der Andrang der auswärtigen Bürger überforderte Verwaltung, Gastgewerbe und Polizei. Überall Aufregung, Hetze, Schimpfen. Von herausgeputzter Festlichkeit keine Spur. Die Stadt war in einem Zustand, «als sei seit den Zeiten des Königs Salomo hier weder gebaut noch renoviert worden», wie der König Primus sarkastisch bemerkte. «Nein, Freunde, hier finden wir sicher nicht, was wir suchen.»

Doch seine drei Kollegen mochten nicht so schnell aufgeben. «Wo ist der neugeborene König der Juden?» Die meisten Gefragten gaben keine Antwort. Einer grinste. «Den König der Juden sucht ihr?» Dann tippte er mit dem Finger an die Stirn. Als sie einen dicken Wirt fragten, der vor seinem Gasthaus stand, zuckte der mit den Schultern. «Habt ihr keine andern Sorgen? Vielleicht ist es der Kleine in unserm Stall. Dort ist diese Nacht ein Kind zur Welt gekommen, für das nirgends sonst Platz war. Geht, schaut euch euren König an!» Und der Wirt lachte laut hinter den Königen her.

Als sie vor dem Stall stehen blieben und eine Gruppe zerlumpter Hirten herauskommen sahen, rief König Primus: «Mir reicht's! Wenn ihr glaubt, in diesem Loch sei ein König zur Welt gekommen, dann seid ihr nicht mehr ganz bei Trost. Ich will kein leichtgläubiger Dummkopf sein.»

Primus ging nicht in den Stall. Mit spöttischem Gesicht blieb er draußen stehen und schaute zu, wie seine Freunde vor einer Futterkrippe niederknieten und ihre Geschenke hineinlegten. Die Perle, die er mitgenommen hatte, behielt er in der Tasche.

Auf dem Heimweg konnte Primus die Klappe nicht halten. Ständig stellte er Fragen wie: «Hat euch euer König Eindruck gemacht?», und machte sich über die Freunde lustig, bis sie böse wurden. So zerbrach auf der Rückreise von Bethlehem ins Morgenland die Freundschaft zwischen Primus und seinen Nachbarn.

Primus regierte sehr lang. Ein hochgebildeter, weiser und vornehmer König war er. Als er im Alter hörte, in seinem Reich gebe es so genannte Christen, die vertrauten auf einen Jesus, der um der Armut der Menschen willen in einem Stall geboren und in Jerusalem gekreuzigt worden sei, und dieser sei die Erfüllung aller Prophetie, alles König- und Priestertums, und in ihm sei Gott selber zur Welt gekommen, da verbot Primus diesen neuen Glauben. «Das wäre ja der Umsturz aller Ordnung in der Welt!», rief er.

Achtzig Jahre alt wurde der König Primus und fast sechzig Jahre lang war er König über sein Land. Seine drei Nachbarn waren längst gestorben, und eines Tages merkten die Diener des Königs Primus, dass nun die Reihe an ihn käme. Der König wurde schwach und der Hilfe bedürftig, und darüber schämte er sich so, dass er ganz trostlos war. Weil die Diener keinen Rat wussten, riefen sie den Sohn des Königs Melchior herbei, damit er den König Primus tröste. Der Sohn des Königs Melchior nämlich, der selber wieder Melchior hieß, war fromm, welterfahren und weise.

«Hast du einen Trost?», fragte der König Primus skeptisch, als Melchior der Zweite bei ihm eintrat.

Melchior setzte sich an das Bett des Königs Primus. «Du warst dabei in Bethlehem», sagte er, «und hast gehört, was dreißig Jahre später in Jerusalem geschehen ist. Der König des Himmels und der Erde wird ein Armer für die Armen, um sie aus der Armut zu führen. Das ist mein Trost.» Und Melchior zeichnete ein Kreuz an die Wand. «Daran hing er, dein Begleiter, Primus», sagte er. «Im Namen Gottes dir gleich geworden, um mit dir zu sein, dem Verderben die Macht zu nehmen und dir das Versprechen des Lebens zu geben.»

Er ist bald darauf gestorben, Primus, der vierte

König. Vorher soll er noch gesagt haben, alt habe er werden müssen, um zu begreifen, warum der König des Himmels und der Erde in einem Stall geboren sei. Denn nur so sei er wahrhaft zur Welt gekommen. Und man hört, von des Königs Primus letzten Tagen habe eine große Kraft voll Hoffnung, Trost und Freude in seine Umgebung und in das ganze Land gewirkt.

Königliche Geschenke

Ihr kennt ja die Weihnachtsgeschichte und wisst, was für Geschenke die drei Könige dem Christkind in den Stall von Bethlehem brachten. Gold, Weihrauch und Myrrhe waren es. Aber wisst ihr auch, was mit diesen drei königlichen Geschenken geschehen ist? Das will ich euch heute erzählen.

Maria und Joseph waren einfache Leute, ein junges Handwerkerehepaar. Darum fanden sie in Bethlehem keine Herberge und darum kam Jesus in einem Stall zur Welt. Wären sie reich gewesen und hätten viel bezahlen können, wer weiß, ob nicht ein geschäftstüchtiger Wirt ein Zimmer für sie frei gemacht hätte.

In dem Stall wurde dann also mitten in der Nacht Jesus geboren, und die Hirten kamen vom Feld, um zu sehen, was geschehen war, und gegen Morgen kamen auch die drei Könige, die der Stern aus dem Morgenland herführte.

Über die Hirten erschraken Maria und Joseph. Sie waren Zimmermannsleute aus einer kleinen Stadt. Die Hirten aber waren struppige Gesellen, rochen nach den Tieren und dem Lagerfeuer, und der Käse, den sie als Geschenk mitbrachten, war schmutzig.

Noch viel mehr aber erschraken Maria und Joseph, als die drei Könige in den Stall hereinkamen. Die waren zwar müde und staubig vom Weg, aber ihr Adel war ihnen trotzdem anzusehen. Maria war wie geblendet und Joseph schaute verlegen zu Boden.

Die Könige knieten vor der Krippe nieder, worin der kleine Jesus lag, und der älteste von ihnen sagte: «Das also ist der neugeborene König der Juden. Wir haben seinen Stern im Morgenland gesehen und sind gekommen, ihn anzubeten.» Die andern zwei nickten dazu.

Dann legte ein König nach dem andern sein Geschenk in die Krippe zu Füßen des Kindes. Der erste legte ein Holzkästlein hinein, der zweite ein Tongeschirr und der dritte ein Fläschchen.

Kaum hatten die Könige den Stall wieder verlassen, fragte Maria, die auf einer Schütte Stroh lag: «Was haben sie dem Kleinen mitgebracht?»

Joseph öffnete zuerst das Holzkästlein. Darin lag ein gelb glänzendes Klümpchen, so groß wie ein Fingerhut. Er zeigte es seiner Frau.

«Gold», staunte Maria. «Das ist richtiges Gold. Das sieht man. Und was ist in dem Tongeschirr dort?»

Joseph nahm es in die Hand. «Es riecht gut. Das kenne ich. Als ich in Jerusalem im Tempel war, verbrannten es dort die Priester auf dem Räucheraltar. Es muss Weihrauch sein.»

«Das ist aber etwas ganz Wertvolles», sagte Maria. «Und das Fläschchen?»

Joseph zog den Zapfen heraus und hielt sich das kleine Gefäß an die Nase. «Wunderbar. Was das wohl ist?»

«Salböl aus Myrrhe», sagte Maria. «Ich riech's bis hierher. Das brauchen reiche Damen als Parfüm, es ist aber auch ein gutes Heilmittel gegen allerlei. Sehr teuer.»

«So große Geschenke», frohlockte Joseph. «Nun sind wir reiche Leute.»

Den ganzen Tag über schmiedeten sie gemeinsam Pläne.

«Mit dem Gold können wir uns ein eigenes Häuschen bauen. Und wenn wir den Weihrauch und das Myrrhenöl verkaufen, reicht es auch noch für einen Acker mit ein paar Olivenbäumen», schwärmte Maria.

Am Tag darauf ging Joseph mit dem Gold zu einem Wechsler und ließ sich Münzen dafür geben. Als er wieder in den Stall zurückkam, machte er ein verlegenes Gesicht.

«Wie viel hat's gegeben?», fragte Maria. Joseph öffnete die Hand. Darin lag nicht mehr als eine kleine, goldene Münze.

«Ist das alles?», rief Maria.

«Nein, es war viel mehr. Aber …»

«… du hast es verloren!»

«Nicht verloren. Ich habe ein Bettlerkind gesehen, das war mager und matt vor Hunger. Da konnte ich nicht widerstehen und gab ihm eine Münze. Und als ich sie ihm gegeben hatte, kamen viele Kinder daher, alle mager und arm. Da dachte ich, wir haben ja genug zu essen und sind gesund, und so schenkte ich ihnen halt von unserem Geld.»

«Und unser Häuschen in Nazareth können wir vergessen», zürnte Maria.

Joseph verzog schuldbewusst das Gesicht.

Weil die Volkszählung noch nicht vorüber war, mussten sie einen weiteren Tag in Bethlehem bleiben. Eine andere Unterkunft als den Stall suchten sie nicht mehr.

Maria hatte sich von der Geburt schon gut erholt und es litt sie nicht mehr drinnen. «Ich will ein wenig die Stadt anschauen», sagte sie; Joseph hütete derweil den Kleinen. Damit Joseph es auch nicht verbummle, steckte Maria das Fläschchen voll Myrrhenöl in ihre Rocktasche.

Als sie wieder in den Stall zurückkam, war sie ganz verändert. Sie schmiegte sich an Joseph, streichelte über sein Gesicht und küsste ihn ein übers andere Mal.

«Was ist mit dir?», fragte er.

«Wirst du mir nicht böse sein?», sagte Maria.

«Warum?»

«Wirst du sicher nicht böse sein?»

«Erzähl endlich», rief er.

«Ich hab das Öl verschenkt. Einer kranken Frau. Die hatte offene Beine und schrie vor Schmerzen. Da konnte ich nicht tatenlos zusehen und gab ihr das Fläschchen. Es heißt ja, es sei gut für solche Sachen.»

Zuerst machte Joseph ein saures Gesicht, aber nur für einen Augenblick. Dann lachte er. Und Maria lachte erleichtert mit ihm.

«Wir sind Leute», sagte er. «Wir werden nie im Leben reich, wenn wir so weitermachen.»

«Sind wir nicht reich?», flüsterte Maria ihm ins Ohr und zeigte auf das schlafende Kind.

Am nächsten Tag machten sich Maria und Joseph mit dem Kind auf den Weg. Vom Rest des Goldes kaufte Joseph den kleinen Esel, der die ganze Zeit im Stall gestanden hatte. Der trug die Mutter und das Kind.

Sie kamen durch Jerusalem. Dort gingen sie in den Tempel. Und als sie den Duft vom Räucheraltar rochen, kam ihnen das Tongefäß mit dem Weihrauch in den Sinn.

«Wir geben's den Priestern. Sie sollen es auf dem Altar verbrennen, damit es gut riecht. Als Dank für Gott, weil er uns so reich beschenkt hat», sagten sie zueinander und taten es.

Zu Hause aber erzählten sie lachend, wie es ihnen mit den Geschenken ergangen war. Manche Nachbarn schüttelten darüber den Kopf. Und als viele Jahre später Jesus ein Mann war und in Galiläa herumzog und kein eignes Haus hatte und von dem Gott predigte, der seine Liebe den Menschen verschenke, da sagten einige in Nazareth zueinander: «Er hat's nicht gestohlen. Schon seine Eltern waren so. Erinnert ihr euch noch, wie sie die großartigen Gaben der drei Könige verschenkt haben?»

Hans, der Reisläufer

Es ist ziemlich genau fünfhundert Jahre her, da spielte sich in einer finstern Dezembernacht im Zürcher Niederdorf, auf dem Hirschenplatz, eine böse Sache ab. Ein paar Handwerksgesellen hatten bis spät in einer Spelunke miteinander getrunken. Der Wein stieg ihnen zu Kopf, ihr Reden wurde lauter und angriffiger, und schließlich warf der Wirt alle hinaus.

Draußen aber gab ein giftiges Wort das andere. Ein Schneidergeselle sagte «Mehlwurm» zu einem Müllersknecht und der gab «Fadenfresser» zurück, und schon lagen sich die Burschen in den Haaren. Plötzlich, er wusste nicht wie, hatte Hans, der Müllersknecht, ein Holzscheit in der Hand. Damit schlug er in der Wut auf Benz, den Schneidergesellen, bis der liegen blieb mitten auf dem Hirschenplatz und nicht mehr aufstand.

Da war Hans stocknüchtern von einem Augenblick auf den andern und schaute auf den Schneidergesellen hinunter und auf das Blut, das langsam vom Hinterkopf in den Schnee floss. Die Kumpane hatten sich allesamt davongemacht.

«Er ist tot», sagte Hans zu sich selber. «Und ich habe ihn getötet.» Er meinte schon, die Stadtknechte kommen zu hören, und er sah sich schon vor dem hohen Gericht stehen und dann draußen vor der Stadtmauer am Galgen baumeln.

Da besann sich Hans, der Müllersknecht, und rannte die Brunngasse hinauf, an der Predigerkirche vorbei. Hinten im Klostergarten, dort, wo die Wasserleitung vom Hirschengraben her in die Stadt kam, wusste er ein Loch in der Stadtmauer. Durch dieses schlüpfte er hinaus und kehrte der Stadt bei Nacht und Nebel den Rücken.

Er lief nach Norden. In der Nacht war er unterwegs, am Tag verkroch er sich in Scheunen und Ställen. So ging es bis nach Schaffhausen. Dort kam er unerkannt über die Rheinbrücke. In Schaffhausen hörte er auch, dass der Kaiser von Deutschland Soldaten suche. Hans überlegte nicht lang; er ließ sich jenseits der Grenze anwerben und wurde ein Soldat im Dienst des Kaisers Maximilian.

Der aber hatte ganz besondere Pläne. Der wollte nämlich den Eidgenossen endlich zeigen, wer der Meister ist. Und darum stellte er ein Heer gegen sie zusammen. Hans störte das nicht. ‹Ich habe mit der Eidgenossenschaft nichts mehr zu schaffen und gehöre nicht mehr dazu›, dachte er.

Er wurde bald ein tüchtiger Soldat, tapfer und erprobt in vielen Schlachten. Und als es dann ernstlich gegen die Eidgenossen ging, da war Hans schon Unteroffizier. Im Juli des Jahres 1499 kam es zur Schlacht bei Dornach in der Nähe von Basel. Es war ein fürchterliches Gemetzel.

Die Eidgenossen siegten und das Heer des Kaisers Maximilian wurde bös geschlagen. Auch Hans, dem Reisläufer, ging es übel. Eine Hellebarde durchschlug ihm das rechte Bein und der Feldscher wusste sich nicht anders zu helfen, als es abzutrennen.

Jetzt war der Reisläufer Hans ein Krüppel. Dem geschlagenen kaiserlichen Heer kam es nicht in den Sinn, ihn mitzunehmen. Hans lag viele Tage und Wochen bei den Kapuzinern in Dornach, bis er sich mit zwei Krücken bewegen konnte, und sie sagten, sie hätten keinen Platz mehr für ihn. Da hinkte Hans mühselig durch den Jura, suchte Arbeit in Städten und Dörfern, aber nirgends wollte man ihn. Und wenn er sagte, auf welcher Seite er bei Dornach gekämpft hatte, dann jagte man ihn fort.

Als der Winter kam, machte sich Hans Sorgen. ‹Es bleibt mir nichts anderes übrig, als nach Zürich heimzugehen. Dort werden sie mich aufnehmen müssen. Sie können mich doch nicht erfrieren und verhungern lassen. Wenigstens im Spital wird sich ein Platz für mich finden.› Beim Gedanken an das alte, stinkende Spital neben der Predigerkirche freilich schauderte ihn.

Dennoch machte er sich auf den Weg in der Hoffnung, inzwischen habe man sein Verbrechen in Zürich vielleicht vergessen. Immerhin war manches Jahr darüber vergangen.

Als Hans auf dem Mutschellen stand und in der Ferne die Stadt Zürich sah, kamen ihm fast die Tränen.

Es war Winter und kalt, die Weihnacht nahte. Und dann, genau am Heiligen Abend, kam Hans beim Eindunkeln vor dem Zürcher Stadttor an.

Zuerst wollten die Stadtknechte ihn nicht hereinlassen; aber als sie seine Sprache hörten und vernahmen, dass er Hans, der Müllersknecht, sei, da machten sie doch das kleine Türchen neben dem Stadttor auf. Zürich war damals eine kleine Stadt mit vielleicht fünftausend Einwohnern. Da sprach es sich schnell herum, wenn einer heimgekommen war. Hans ging im Niederdorf ins Gasthaus zum Lamm, um etwas zu trinken. Aber der Wirt hatte schon von ihm gehört. «Dich wollen wir hier nicht», sagte er und wies Hans die Tür.

«Aber wir kennen einander doch», sagte Hans.

«Einen, der auf des Kaisers Seite kämpfte, will ich nicht in meinem Lokal», rief der Wirt.

Da humpelte Hans weiter, die Niederdorfstraße hinauf. Niemand von den wenigen Leuten, die er traf, grüßte ihn. Und wenn er jemanden ansprechen wollte, wandten sich die Leute ab.

Er hinkte an die Limmat, wo sein ehemaliger Meister wohnte. Vielleicht bekam er dort etwas zu essen. Aber als er an die Tür klopfte und der Meister oben aus dem Fenster schaute und Hans hinaufrief: «Ich bin's, der Hans», da schmetterte der Meister das Fenster zu.

Hans ging mühsam die Marktgasse wieder hinauf. Im ‹Schwänlein› neben der Predigerkirche war er der einzige

Gast. Er bestellte Wein und gab das Wenige, was ihm geblieben war, dafür her.

«Hier kannst du aber nicht über Nacht bleiben», sagte die Wirtin unfreundlich. «Wir machen um Mitternacht zu.»

‹Wo soll ich bloß hin? Soll ich vielleicht in meiner eigenen Heimatstadt erfrieren?›, dachte Hans.

Wie er so dachte, begann nebenan auf dem Dach des Predigerchors das Glöcklein im Dachreiter zu bimmeln. ‹Ich gehe hinüber. Jetzt feiern sie die Christnacht. Da habe ich wenigstens noch eine Stunde lang warm.›

Hans hinkte in die Kirche. Er kam am Spital vorbei, das damals gleich neben der Kirche stand. Spital war ein zu schöner Name. Das war ein Lazarett und eine Irrenanstalt und manches andere zugleich. ‹Wenn ich keinen Unterschlupf finde, muss ich dort hinein›, dachte Hans. Er trat in die Kirche und verkroch sich zuhinterst in einem Winkel.

Die ganze Kirche war von den vielen Kerzen hell erleuchtet. Vorn im Chor sangen die Mönche und einer las die Weihnachtsgeschichte vor. Hans hörte zu. Es war ihm, als sei die Geschichte von Maria und Joseph, die keinen Platz in der Herberge fanden, und von dem Kind, das im Stall geboren und in eine Krippe gelegt wurde, für ihn erzählt. ‹Fast wie eine Krücke für die Seele›, dachte er. ‹Wenn ich nur die ganze Nacht hier bleiben könnte.›

Aber der Gottesdienst ging zu Ende. Hans wartete, bis die letzten Leute aus der Kirche in die Nacht gegangen waren, dann humpelte auch er hinaus, an dem Klosterbruder vorbei, der die Tür schließen wollte.

«Bist du nicht Hans?», sagte da der Klosterbruder zu ihm.

Hans schaute auf und wäre beinahe umgefallen vor Schreck. «Und du bist der Benz», sagte er. «Ich meinte – ich meinte, du seist tot.»

«Beinahe wäre ich gestorben an deinen Schlägen», sagte Benz. «Aber Gott sei Dank bin ich davongekommen. Jetzt bin ich hier im Predigerkloster und sorge für Haus und Garten.» Und Benz nahm den Hans mit ins Kloster hinüber und dort musste Hans erzählen. Als es schon gegen Morgen ging, fragte Benz: «Wo bist du über Nacht?»

«Ich weiß es nicht», antwortete Hans.

«Dann bleibst du hier. Es ist Weihnacht. Zeit, einander zu vergeben. Komm, ich zeig dir, wo du schlafen kannst.»

So blieb Hans, der Reisläufer, im Predigerkloster. Nicht nur in dieser Nacht. Sein ganzes Leben lang. Er wurde Benzens Helfer, ein Laienbruder wie dieser. Miteinander sorgten sie für Haus und Garten des Klosters. Sie wurden die besten Freunde. Aber der Name blieb dem Hans, auch als Mönch. Hans, der Reisläufer, hieß er, ein für alle Mal.

Das Geburtsdatum Jesu

In der Nacht vom 24. auf den 25. Dezember feiern wir die Geburt Jesu. Aber ihr wisst natürlich, dass wir den genauen Tag nicht kennen, an dem Jesus geboren wurde. Auch der Monat ist uns unbekannt. Davon steht nämlich nichts in der Bibel.

Erst viel später fragten sich die Christen, an welchem Tag, in welcher Jahreszeit wohl Jesus geboren sei. Und in Antiochien, in Syrien und in Konstantinopel, in Alexandria in Ägypten und in Rom zerbrachen sich kluge Leute die Köpfe über das Geburtsdatum Jesu.

Der römische Kaiser war jetzt selber ein Christ. Er wollte Ordnung haben in seinem Reich. Und zu einer rechten Ordnung gehört, dass man weiß, wer wann geboren ist. Darum wollte auch der Kaiser wissen, an welchem Tag und in welchem Monat Jesus zur Welt gekommen sei.

Was macht man, wenn man etwas nicht weiß und auch nicht weiß, wie man es herausfinden könnte? Man setzt eine Kommission ein. Die soll darüber beraten. Das tat auch der Kaiser Konstantin.

Er rief drei der gescheitesten Männer der Kirche nach Rom und gab ihnen den Auftrag herauszufinden, welches der Geburtstag Jesu sei.

Den drei Experten wurde für ihre Verhandlungen ein

kaiserliches Landhaus außerhalb von Rom zur Verfügung gestellt. Dort sollten sie tagen, bis sie dem Kaiser ihren Entscheid vorlegen konnten.

In dem Landhaus war alles für die drei Herren bereit. Dienerschaft sorgte für sie; sie wurden gut bewirtet und es gab auch einen schönen Weinkeller in dem Landhaus. Dazu einen prächtigen Park, wo sie spazieren und nachdenken konnten. Wenn sie fertig waren, sollten sie nach Rom kommen und dem Kaiser Bericht erstatten.

Zuerst suchten unsre drei Experten die ganze Bibel ab. Sie drehten jeden Buchstaben fünfmal um; aber sie fanden keine Auskunft über das Geburtsdatum Jesu. Auch in andern Büchern war darüber nichts zu finden. Sogar der Stern von Bethlehem half ihnen nichts, denn man hatte vergessen, wann der am Himmel aufgezogen war.

Im Frühling hatten die drei Experten mit ihren Verhandlungen angefangen. Nun waren schon einige Wochen vergangen; es war Sommer geworden.

«Wir müssen anders suchen», sagte der erste Experte.

«Richtig. So kommen wir nicht weiter», sagte der zweite.

«Wir müssen fragen, zu welchem Tag und welchem Monat Jesus am besten passt. Das ist der richtige Weg, sein Geburtsdatum zu finden», sagte der dritte.

«Ich glaube, am besten passt der Frühling», sagte da der erste der drei Herren. «Da beginnt alles zu sprießen. Und dann blüht es herrlich und reich. Es ist einem leicht ums Herz. Man spürt und sieht, wie gut es Gott meint mit der Welt. Ich bin fast sicher, dass Jesus an einem richtig hellen Frühlingstag geboren wurde. Darum sollten wir dem Kaiser einen Tag Mitte Mai als Geburtstag Jesu vorschlagen.»

«Das hat viel für sich», sagte der zweite Experte. «Aber der Frühling ist mir doch noch nicht reich genug. Jesus, das ist die Fülle von Gottes Heil für die Menschen. Dazu passt besser der Hochsommer, wenn die Sonne im Zenith steht und alles erleuchtet und erwärmt. Wenn die Nächte kurz sind und die Finsternis schwindet. Nein, der Mai, der ist mir zu wenig. Ich schlage den Juli vor. Im Juli ist Christus geboren, davon bin ich überzeugt.»

«Ich nicht ganz, Herr Kollege», sagte darauf der dritte Experte. «Sie haben Recht. Christus ist die Fülle des Heils für die Menschen und die ganze Welt. Aber wo ist diese Fülle im Juli? Der Sommer ist mir immer noch zu wenig. Wir müssen die Jahreszeit wählen, die ihren ganzen Segen mit dem Füllhorn über uns ausschüttet. Und das, meine Herren, ist nur der Herbst. Da ist Christus geboren. Wenn das Korn geerntet wird, wenn das Obst reift und die Weintraube gelesen wird. Der Herbst, das ist die Zeit Jesu Christi. Da kommt der ganze Segen über uns. Im Herbst muss der Geburtstag Jesu sein.»

So diskutierten die drei Experten in ihrem Landhaus außerhalb von Rom. Sie brauchten Tage und Wochen und Monate dafür. Inzwischen war das Jahr fast um, der

Wein war gekeltert und die Nächte wurden lang und kalt. Da einigten sie sich endlich. Ein Tag Anfang September sollte der Geburtstag Jesu sein. Das wollten sie dem Kaiser vorlegen.

Sie schickten einen Boten nach Rom, damit man sie abhole. Und der Kaiser schickte ihnen eine Kutsche, die sie nach Rom bringen sollte.

In der Nacht, bevor die Kutsche kam, fing es an zu regnen. In den Bergen schneite es sogar. Ein dunkler, finsterer Tag kroch herauf; es wollte fast nicht hell werden.

Der Kutscher schlug vor zu warten, bis besseres Wetter aufziehe, die Straße sei überschwemmt und die Fahrt gefährlich. Aber die drei Experten drängten zum Aufbruch. Und so fuhr man los, Richtung Rom.

Unterwegs machten die drei Herren in einer Taverne Station. Der Kutscher murrte und als seine Fahrgäste nach dem Essen aus dem Gasthaus kamen, war er mitsamt der Kutsche verschwunden. Er habe nicht warten wollen, bis es dunkel würde, sagte der Wirt.

«Es kann nicht mehr weit sein bis Rom», sagten da die drei Herren zueinander. Und sie begannen durch Regen und Schnee zu marschieren.

Bald brach die Nacht herein und unsere drei Experten merkten, dass sie den Weg verfehlt hatten. Sie kletterten Hänge hinauf, mussten in Tobel hinuntersteigen und reißende Bäche überqueren. Aber sie konnten und konnten die große Straße nicht mehr finden.

Sie hatten schon tüchtig Angst um ihr Leben und meinten, sie müssten es verlieren, und sie jammerten und klagten und machten einander Vorwürfe und bedauerten sich selbst. Und sie merkten, wie sie in der Finsternis im Kreis herumgingen, und glaubten, wilde Tiere lauerten ihnen auf und Steinschläge gingen auf sie nieder.

Da, als alle drei schon den Geist aufgeben wollten, sahen sie plötzlich vor sich in der Ferne ein Licht. Ein kleines Licht war es. Sie folgten ihm und es leuchtete ihnen, bis sie bei einem Haus ankamen. Es war ein alter Stall. Durchnässt und durchfroren öffneten sie die Tür. Da sahen sie in dem Stall den Hirten und um ihn seine Schafe. Und der Hirt hatte Feuer im Kamin gemacht und kochte eine Suppe.

Er schaute die drei Männer an und sagte: «Wo kommt ihr denn her? Ihr seht ja aus, als ob ihr die Hölle durchquert hättet. Kommt, setzt euch hierher, wärmt euch. Gleich gibt es etwas Warmes zu essen.»

Die drei Herren setzten sich ans Feuer. Als sie allmählich warm wurden und dann die warme Suppe löffelten, da schauten sie einander an. Und dann sagten sie wie aus einem Mund zueinander: «Jetzt wissen wir's. Im Winter ist Christus geboren. Im tiefsten Winter, wenn es dunkel ist und unfreundlich und kalt. Dann nämlich brauchen wir sein Licht am meisten.»

Und am kommenden Tag, als es etwas heller wurde, liefen die drei schnurstracks nach Rom zum Kaiser und machten ihm den Vorschlag. Der Vorschlag leuchtete dem Kaiser ein – und seither zünden wir Christen in der dunkelsten Zeit im Jahr, dann, wenn wir's am nötigsten haben, die Lichter der Weihnacht an.

Die Großeltern Jesu

Wir kennen alle die Weihnachtsgeschichte fast auswendig. Wisst ihr aber auch, wer dort fehlt? Das Kind ist da, die Eltern sind da – aber die Großeltern fehlen. Man kann zwar nicht sagen, dass die ältere Generation überhaupt nicht vertreten ist. Die Weisen aus dem Morgenland werden nicht mehr die Jüngsten gewesen sein, und unter den Hirten gab es sicher auch manche alte Frau und manchen alten Mann. Und dann gibt es da noch den alten Simeon, der im Tempel von Jerusalem auf den Messias wartet, und die Prophetin Hanna, die vierundachtzig ist und Tag und Nacht im Tempel fastet und betet. Sie freuen sich beide, als Jesus acht Tage nach der Geburt von seinen Eltern in den Tempel gebracht wird. Aber eben: von den Großeltern von Jesus hören wir nichts.

Das heißt: Ganz richtig ist das auch wieder nicht. Der Name eines Großvaters ist bekannt – zumindest fast. Im Lukasevangelium heißt der Vater von Joseph Eli; im Matthäusevangelium heißt er Jakob. Darüber hinaus steht in der Bibel jedoch nichts.

Aber weil jeder Mensch Großeltern hat, waren die Christinnen und Christen zu allen Zeiten neugierig, wer wohl die Großeltern von Jesus gewesen sind und was mit ihnen los war. Darum gab es auch manche Legende über sie, und zwar über die Großeltern mütterlicherseits. Die Großmutter soll Anna geheißen haben, der Großvater Joachim. Viel mehr ist nicht zu erfahren. Warum wohl? Waren die Großeltern vielleicht schon gestorben, als Jesus auf die Welt kam? Oder war etwas nicht ganz richtig mit ihnen? Vielleicht könnte es so gewesen sein:

Beginnen wir mit den Großeltern väterlicherseits. Das waren Juden, rechtschaffene Handwerker, der Zimmermann Jakob und seine Frau Debora. Sie waren bescheidene Leute; aber sie wussten, dass sie weither vom König David abstammen, und darauf waren sie stolz.

Ihr Judentum war ihnen viel wert; sie trugen Sorge dazu. Das war gerade in Nazareth, in der Landschaft Galiläa, nicht so einfach. Denn dort wohnten allerlei Leute durcheinander, Juden und Heiden und Samariter und Mischlinge von allen.

Die Juden wohnten aus religiösen Gründen nicht mit Andersgläubigen unter einem Dach und betraten auch kein heidnisches Haus. Die Heiden, meistens Griechen, hielten andere Leute für primitiv und sich allein für gebildet. Und die Samariter sagten, sie seien die richtigen Israeliten und die Juden seien eingebildet.

Wir können uns vorstellen, dass der Jude Jakob und seine Frau nicht begeistert waren, als sie merkten, dass ihr Sohn Joseph an dem Mädchen Maria einen Narren gefressen hatte. Denn Maria kam nicht aus einer richtig jüdischen Familie. Ihre Mutter war die Tochter eines Samariters und einer Jüdin, und ihr Vater war ein Grieche, der manchmal in die jüdische Synagoge ging. Maria war also so ein richtiges galiläisches Mischlingsmädchen.

Darum nahm der Vater Jakob seinen Sohn eines Tages beiseite und sagte zu ihm: «Du hast da ein Techtelmechtel mit dieser Maria. Ich sage dir, daraus wird nichts. Für uns kommt nur eine gut jüdische Schwiegertochter in Frage, etwas anderes ist undenkbar.»

Fast gleichzeitig redete auch Marias Vater mit seiner Tochter. Er war ein wohlhabender Mann, der sein Geld mit dem Zoll verdiente, den er von den Römern gepachtet hatte, und für ihn hatte das Geld eine große Bedeutung.

«Dieser Joseph da streicht dir nach. Ich habe es schon gemerkt. Du wirst den doch nicht heiraten wollen? Schlag dir das aus dem Kopf! Erstens haben die Leute kein Geld; Zimmermann – was ist das schon. Und dann sind es strenggläubige Juden. Da wärst du nie willkommen. Es ist meine Sache, dir einen Mann zu suchen, hast du verstanden?»

Aber für Ermahnungen war es schon zu spät. Was nämlich die Eltern weder auf der einen noch auf der anderen Seite wussten, war, dass Maria bereits ein Kind erwartete.

Auch Maria selber und Joseph erschraken darüber. Und Joseph dachte sogar einen Augenblick lang daran, seine Freundin sitzen zu lassen. Aber dann merkte er selber, dass er das nicht übers Herz gebracht hätte.

Als die beiden miteinander ihre Sorgen besprachen und berieten, was jetzt zu tun sei, da sagte Joseph mit Galgenhumor: «Du bist doch, wenn man's genau nimmt, auch eine Jüdin. Wir Juden warten auf den Messias. Jede jüdische Frau kann ihn zur Welt bringen. Vielleicht wird unser Kind da der Messias, wer weiß.»

Was von Joseph nur als eine lustige Bemerkung gemeint war, das blieb Maria im Herzen haften. Wenn sie in diesen Wochen manchmal verzweifeln wollte, sagte sie zu sich: «Vielleicht ist mein Kind der Messias.»

Als es schließlich nicht mehr anders ging, sagten es Maria und Joseph ihren Eltern, und sie sagten ihnen auch, dass sie heiraten wollten. Das gab in beiden Häusern ein fürchterliches Theater. Der Zimmermann Jakob schimpfte fürchterlich mit seinem Sohn, und als seine Frau Debora endlich fand, jetzt sei es genug, und ein gutes Wort für Joseph einlegen wollte, da bekam auch sie noch harte Worte.

Bei Maria zu Hause ging es nicht besser. Der Vater schrie, diesen Hungerleider von einem Handwerker wolle er nicht in der Familie; aber der Kerl müsse ihm büßen, dass er seine Tochter verführt habe. Er schlage ihm alle Knochen entzwei, wenn er ihn antreffe.

Maria und Joseph wussten nicht, was sie machten sollten. Sie wollten beieinander bleiben, aber wo sollten sie wohnen?

Genau in dieser Zeit kam das Aufgebot des Kaisers Augustus. Wer sein Bürgerrecht erneuern wolle, solle in seine Heimatgemeinde gehen und sich dort auf der Kanzlei in die Bürgerlisten einschreiben lassen. Das kam für Maria und Joseph wie gerufen.

«Wir reisen nach Bethlehem, das ist meine Heimatstadt», sagte Joseph. «Und dort lassen wir uns trauen, und dann sehen wir weiter.»

So verließen Maria und Joseph bei Nacht und Nebel Nazareth und machten sich auf den Weg nach Bethlehem.

Das ist ein paar Tagreisen weit zu Fuß. Aber Maria war nicht mehr gut auf den Beinen; das Kind sollte schon bald kommen.

Ihr wisst, wie es dem jungen Paar in Bethlehem ergangen ist, wo alles überfüllt war und sie nur noch in einem Stall Unterschlupf fanden. Dort kam dann Jesus zur Welt, und die Könige aus dem Morgenland besuchten ihn und die Hirten vom Feld. Am Tag nach der Geburt ging Joseph ins Stadthaus und schrieb sich und Maria und ihren Sohn als Bürger ein. Damit war auch die Sache mit der Heirat erledigt.

In Nazareth herrschte inzwischen helle Aufregung. Man hatte gemerkt, dass Maria und Joseph verschwunden waren. Sie seien nach Bethlehem davon, hieß es. Jakob schimpfte: «Die sollen nur warten. Ich muss ja auch dahin. Die knöpfe ich mir vor, wenn ich sie finde.» Aus Angst, er könnte ihnen etwas antun, bestand Debora darauf, mitzugehen.

Als Marias Vater vernahm, seine Tochter sei mit ihrem Freund nach Bethlehem geflohen, brach auch er auf, und auch seine Frau wollte ihn nicht allein gehen lassen.

Ohne zu wissen, dass die Eltern Marias auch unterwegs waren, trafen Jakob und Debora, die Eltern von Joseph, am Tag nach Jesu Geburt in Bethlehem ein. Mühsam mussten sie sich durchfragen, und es war schon Abend, als sie endlich ihren Sohn mit dem Kindlein und der jungen Frau in einem Stall fanden. Jakob hätte seinem Sohn am liebsten ein paar um die Ohren gehauen; aber als er das Kindlein ruhig schlafend in der Krippe liegen sah, da liefen ihm vor Freude Tränen übers Gesicht.

Wie sie so andächtig dastanden, Jakob und Debora, da ging die Tür auf, und jetzt kamen auch Marias Eltern herein. Mit einem Mal war plötzlich alles wieder wie elektrisch geladen. Die beiden Väter blitzten einander an, als wollten sie sich an die Gurgel fahren. Aber Anna, Marias Mutter, rief: «Schau doch, das hübsche Kindlein», und sie umarmte ihre Tochter. Und so standen alle zusammen um die Krippe. Über dem Dach leuchtete ein großer Stern, und der Friede breitete sich aus im Stall.

«Es ist schon etwas Besonderes mit so einem Kind», sagten die Väter zueinander, als sie eine Woche später nebeneinander in Jerusalem standen und zuschauten, wie der kleine Jesus in den Tempel gebracht wurde.

«Liegt nur so da und macht Frieden unter den Menschen, die zerstritten sind.»

«Vielleicht ist er gar der Messias», sagten sie auch noch.

Warum es von unserem Kirchturm Elfuhr läutet

Wisst ihr, warum es vom Kirchturm Elfuhr läutet? Ich will es euch erzählen.

Es ist jetzt gut und gern fünfhundertfünfzig Jahre her, seit die Türken die alte Kaiserstadt Konstantinopel am Bosporus eroberten. Mohammed, der türkische Emir, siegte und der letzte christliche Kaiser des Ostens verlor sein Leben. Unter denen, die gegen die Türken kämpften, war auch einer aus Zürich. Hansjakob Müller, der Sohn eines reichen Müllers an der Mühlegasse, war in jungen Jahren ein Tunichtgut gewesen und hatte dem Vater eine schöne Stange Geld aus der Kasse gestohlen. Damit wollte er in die weite Welt hinaus. Er kam bis nach Genua, und als er alles Geld in der teuren Stadt durchgebracht hatte, verdingte er sich als Matrose auf einem genuesischen Schiff. Damit fuhr er bis ins Schwarze Meer, bis zu der Halbinsel Krim, wo die Genueser Kaufleute eine Niederlassung hatten. Kaum war das Schiff gelandet, da überfielen die Türken die Halbinsel, und einer der wenigen, die mit dem Leben davonkamen, war Hansjakob Müller. Zwei Tage und zwei Nächte trieb er in einem Ruderboot auf dem Meer. Als ihn endlich ein großes Schiff auflas, war Hansjakob Müller halb tot.

Das Schiff fuhr nach Konstantinopel. Dort angekommen, musste der Schweizer einem Hafenoffizier Rede und Antwort stehen.

«Wer bist du?»

«Ich bin der Hansjakob Müller aus Zürich in der Eidgenossenschaft.»

«Und wie kommst du ins Schwarze Meer?»

Da erzählte Hansjakob von Genua und von der Krim und dem Türkensturm und wie sein Leben gerettet wurde. Der Offizier traute der Geschichte nicht recht. Darum ließ er den Hansjakob Müller zu der kaiserlichen Wache in den Palast bringen.

Als er durch die Straßen von Konstantinopel geführt wurde, staunte Hansjakob nicht schlecht. Er kannte seine Heimatstadt Zürich und für ihn war es die schönste Stadt der Welt, seit er ihr den Rücken gekehrt hatte. Und er hatte Genua gesehen, die prächtige Handelsstadt. Aber so etwas wie hier war ihm noch nie unter die Augen gekommen. Das gab es kein zweites Mal auf der Welt. An jeder Ecke eine Kirche. Und gegen diese Kirchen waren das Großmünster und das Fraumünster und der Sankt Peter und die Predigerkirche zu Hause kleine Kapellen. Goldene Dächer trugen die Kirchen hier und in den Türmen hingen silberne Glocken. Das blitzte und glänzte in der Sonne, dass die Augen geblendet wurden. Und erst der Kaiserpalast! Der war so alt, dass er seit Anbeginn der Welt dazustehen schien, und so groß, wie Hansjakob noch nie ein Haus gesehen hatte. Als sie ihn hineinführten, blieb ihm der Mund offen vor Verwunderung. Die Wände verkleidet mit glänzenden Steinen und die Heiligenbilder voll Gold und Silber.

Der Kommandant der Palastwache glaubte dem Hansjakob Müller seine Geschichte.

«Was, ein Schweizer bist du? Die Schweizer sind tapfere Soldaten, dass man sogar hier von ihnen gehört hat. Unsre Leute haben dir das Leben gerettet. Jetzt kannst du etwas für uns tun. Wir brauchen jeden Mann, du hast ja die große Macht der Türken gesehen. Du kannst uns helfen, die Stadt gegen sie zu verteidigen.»

So wurde Hansjakob Müller ein Soldat des Kaisers von Konstantinopel. Drei Jahre lang war er das, und er sah die Türken näher kommen und langsam einen Ring legen um die Stadt. Er sah von der Mauer aus die Dörfer brennen in der Umgebung und hörte die Flüchtlinge klagen, die von dort kamen.

Dann kam das Jahr 1453. In einer Maiennacht kletterten die Türken über die Stadtmauer von Konstantinopel. Der Kaiserpalast brannte, fast die ganze Stadt brannte, und man hörte, die Wache des Kaisers sei geschlagen und der Kaiser tot.

Hansjakob Müller aus Zürich hatte sich tapfer durchgeschlagen. Doch als alles davonrannte, floh auch er. Er hatte Glück; niemand folgte ihm. Bald schloss er sich einem Kaufmannszug an. Der zog die Donau aufwärts bis nach Wien. Unterwegs erzählte Hansjakob überall, was er erlebt hatte, und überall war die Angst vor den Türken groß.

Die Nachricht von der Türkengefahr war auch nach Zürich gekommen. Und als nun Hansjakob eines Tages wieder lebendig vor seinen Landsleuten stand, da vergaßen sie, dass er gestohlen hatte. Sie wollten hören, wie es gewesen sei. So wurde Hansjakob Müller auf einmal ein berühmter Mann in seiner Heimatstadt.

«Gab es kein Zeichen vorher, dass Konstantinopel untergehe?», fragten die Leute. Da berichtete Hansjakob, wie am Beginn des Monats Mai ein Komet über der Stadt gestanden habe, ein großer Stern mit einem langen Schweif.

«Jaja, so ein Stern zeigt Unglück an», sagten darauf die Leute. Und an den Abenden blickten sie besorgt aus dem Niederdorf in den Himmel hinauf, ob nicht etwa ein Komet zu sehen sei. Auch die Mönche im Predigerkloster machten sich Gedanken darüber. Und der Pater Prior sprach fast jeden Sonntag in seiner Predigt davon.

Ein kleiner Bub aus der Brunngasse, der Felix hieß, hörte dem Hansjakob Müller besonders gerne zu. Wann er nur konnte, machte er sich von zu Hause fort und lief hinüber an die Mühlegasse, setzte sich dem Hansjakob zu Füßen und bettelte: «Erzähl mir etwas.» Und er hörte mit offenem Mund von dem Kometen, und wie die Türken die Stadt Konstantinopel angezündet hatten und dass sie bald kämen, um auch die Stadt Zürich anzuzünden.

Eines Tages verbreitete sich die Nachricht, die Türken hätten Griechenland erobert und kämen immer näher. Und als wenig später um elf Uhr die Glocke in dem kleinen Türmlein auf dem Predigerchor zu läuten anfing und bald darauf auch eine Glocke vom Sankt Peter und eine vom Fraumünster und sogar vom Großmünster eine, da liefen die Leute zusammen. «Gewiss stehen die Türken vor der Stadt», riefen sie.

Aber der Bruder Andres vom Predigerkloster trat aus der Kirchentür und rief: «Von heut an läuten wir jeden Mittag mit der Glocke. So hat's der Papst in Rom befohlen, damit alle an die große Gefahr denken und um Rettung beten.» Jedes Mal aber, wenn um elf Uhr die Glocke zu läuten begann, schreckten die Leute zusammen und klagten und beteten, dass Gott sie vor der Gefahr bewahre.

Es kam die Weihnachtszeit. In den Kirchen wurden die Krippen aufgestellt. Der kleine Felix aus der Brunngasse lief jeden Tag in die Predigerkirche, um die Krippe zu sehen mit Maria und Joseph und dem Christkind. Über dem Stall hatte der Bruder Andres einen Stern mit einem Schweif befestigt. Der leuchtete geradewegs in die Krippe und auf das Kindlein, das darin lag. Felix staunte. Ihm gefiel der Stern besonders gut; am liebsten hätte er ihn mit heimgenommen.

«Das ist der Stern von Bethlehem; der zeigte den Leuten, dass der Heiland geboren war», erklärte der Bruder Andres.

In der Stadt wollte es nicht weihnächtlich werden. Die Leute hatten große Angst. Jeden Mittag läutete die Glocke und jeden Abend schauten alle zum Himmel auf, ob auch ja kein Komet zu sehen sei. Auch der kleine Felix schaute jeden Abend zum Himmel. Er hatte noch nie einen Kometen gesehen und war neugierig, wie er aussehen werde.

Es war wenige Tage vor der Weihnacht, da ertönte am Abend auf der Gasse vor der Predigerkirche ein lauter Schrei. «Dort ist der Komet», rief eine Männerstimme. Viele andre Stimmen fielen aufgeregt ein. «Der Komet, der Komet!» Vom Türmlein läutete die Glocke, alle Glocken aus der ganzen Stadt kamen dazu, wie wenn Krieg wäre oder die Welt unterginge. Die Kirchentüren standen offen und die Leute strömten hinein.

Felix hatte schon geschlafen. Vom Geschrei auf der Gasse war er erwacht. Schnell zog er sich an und lief hinaus. Niemand achtete auf ihn. Als die Glocken schwiegen, war kein Mensch mehr auf dem Predigerplatz außer dem kleinen Felix. Der schaute zum Himmel hinauf – und sah dort den Stern von Bethlehem stehen. Hell und deutlich leuchtete er auf die Welt. Was hatte der Bruder Andres erzählt? Dieser Stern zeige, dass der liebe Gott zu den Menschen komme. Felix schaute hinauf, und eben als drinnen in der Predigerkirche die Mönche einen traurigen Gesang anstimmten, hörte man von draußen ein helles Jauchzen. «Juhu, der Stern von Bethlehem!»

Felix war nicht zu halten. Wie ein Wirbelwind lief er in die volle Kirche hinein, wo die Leute knieten und klagten. Lief durch den Gang nach vorn und rief ein übers andere Mal: «Juhu, der Stern von Bethlehem! Der liebe

Gott kommt!» Vor der Krippe zuvorderst in der Kirche blieb er stehen. Jetzt erst sah er die vielen Leute. Da wurde er ganz verlegen und zeigte auf den Stern, den der Bruder Andres über dem Kripplein aufgehängt hatte. «Der Stern von Bethlehem ist am Himmel», flüsterte er.

Weit hinten stand Felix' Mutter auf und eilte nach vorn, um den Bub zu holen. Aber als sie bei ihm war, trat aus dem Chor auch schon der Pater Prior. Und als die Mutter den Felix am Arm nehmen wollte, da sagte der Pater Prior laut in die stille Kirche hinein: «Lasst euren Bub, gute Frau. Er hat die Wahrheit gesagt.»

Dann stieg der Pater Prior auf die Kanzel und hielt eine Predigt, wie die Leute aus dem Niederdorf noch nie eine gehört hatten.

«Wir haben den Stern am Himmel gesehen. In unserm Kleinglauben nahmen wir ihn für ein Zeichen des Unglücks. Ja, wir leben in bedrohlicher Zeit. Doch dieser kleine Bub hier hat Recht. Gott gibt uns den Stern, damit wir wissen, dass er bei uns ist. Ihm sei Lob und Dank, dass er uns nicht verlässt.»

So redete der Pater Prior. Alle hörten zu und die Gesichter wurden hell. Dann sangen alle ein Lied und gingen nach Hause. Auf dem Heimweg schauten sie zum Himmel hinauf. Dort stand der Komet und es war den Leuten, als habe Gott ein Licht an den Himmel gehängt, das sagt: «Fürchtet euch nicht.»

Die Türken sind dann doch nicht gekommen. Die Stadt Zürich und das Niederdorf und die Predigerkirche stehen heute noch. Aber alle, die es miterlebt hatten, hörten das Elfuhr-Läuten jetzt anders, der kleine Felix und seine Mutter, Hansjakob Müller und der Bruder Andres und der Pater Prior. Jeden Tag erinnerte sie das Läuten daran, dass Gott bei seinen Menschen ist in der Gefahr. Und so betete mancher, wenn es vom Türmlein auf dem Predigerchor Elfuhr läutete, ein Dankgebet und dachte an den kleinen Felix und an das Kindlein in der Krippe und an den Stern, der über der Krippe stand.

Die Legende von des Kaisers Schimmel und vom namenlosen Esel

Kaiser Konstantin war ein großer Herr und wie die meisten großen Herren liebte er besonders die Pferde. Edle Pferde hatten es ihm angetan. Er ließ sie aus Arabien kommen und zahlte einen Haufen Geld dafür. In seinem Stall im kaiserlichen Palast in Rom standen mehr als zwei Dutzend ausgesuchte Pferde nur für den Kaiser, eines schöner als das andere.

Das Lieblingspferd Kaiser Konstantins aber war ein stolzer Schimmel mit dem Namen Caesar. Für Caesar ließ der Kaiser einen eigenen Stall bauen, und Caesar bekam nur das beste Futter zu fressen.

Sosehr Kaiser Konstantin Pferde liebte, so wenig liebte er Esel. «Ein Esel ist eine Beleidigung für jedes Auge», pflegte er zu sagen, und: «Die Esel sind die Verspottung der Pferde. Schaut sie nur an mit ihren runden Bäuchen und den dünnen Beinen, mit ihren wackelnden Ohren und ihrem aufwärts gebogenen Rücken.»

Einmal beschloss der Kaiser, dass an seinem Hof an Weihnachten die Geburt des Heilands gespielt werden solle. Der Hofbischof musste ein Krippenspiel schreiben; die Rollen wurden verteilt, und es gab viel Streit, wer den Jesus spielen dürfe und wer die Heiligen Drei Könige und die Engel. Am Heiligen Abend sollte die Aufführung sein.

Zwei Tage vor Weihnachten ging der Kaiser wieder einmal in den Stall, um nach Caesar, seinem Lieblingspferd, zu sehen. Wie erstaunt war er, als neben dem Schimmel ein kleiner, struppiger Esel angebunden war.

Er fragte seinen Stallmeister, was dieses abscheuliche Tier hier suche.

«Majestät», sagte der Stallmeister, «das ist der Esel für das Krippenspiel an der Weihnacht.»

Der Kaiser schüttelte den Kopf, lief in den Palast zurück und ließ seinen Hofbischof kommen.

«Ihr wollt in eurem Weihnachtsspiel einen Esel auftreten lassen? Das verbitte ich mir; ihr wisst, dass ich Esel nicht ausstehen kann», rief er erbost.

Der Bischof neigte das Haupt und antwortete: «Verzeihung, Majestät, aber wir können auf den Esel nicht verzichten. Im Stall von Bethlehem standen ein Ochs und ein Esel, und auf der Flucht nach Ägypten trug ein Esel Maria und ihren Sohn.»

«Ein Esel soll den Christus tragen?», spottete der Kaiser. «Das ist ja lächerlich. Für den Christus ist nur das Beste gut genug, genau wie für den Kaiser. Nehmt meinen Schimmel Caesar; er soll bei der Krippe stehen, und er soll auch Maria und das Jesuskind tragen.»

«Leider ist das unmöglich, Majestät», antwortete der Bischof. «Soviel wir aus der Bibel wissen, ist Jesus nie auf einem Pferd geritten, wohl aber öfter auf einem Esel.»

Der Bischof gab nicht nach, der Kaiser willigte schließlich ein. Der kleine Esel, den der kaiserliche Stallmeister bei einem Gemüsehändler nahe beim Palast ausgeliehen hatte, stand also am Heiligen Abend beim Weihnachtsspiel im Stall von Bethlehem und trug Maria und das Jesuskind nach Ägypten.

Als das Spiel zu Ende war, war es schon sehr spät, und die Knechte stellten den Esel noch einmal neben den Schimmel Caesar in den Stall. Der Esel hatte selbst bemerkt, dass der Schimmel seit dem Besuch des Kaisers zurückhaltend geworden war. Vorher hatten sie etwa miteinander geplaudert, und die Abwechslung war dem Schimmel ganz recht gewesen. Seither aber sprach er nur noch das Nötigste und sehr von oben herab.

Als der Esel nun in den Stall zurückgeführt wurde, da hatte der Schimmel schon alles gehört, von dem Weihnachtsspiel, von der Freude, welche die Leute daran gehabt hatten, und auch von der Rolle, die der Esel darin gespielt hatte.

Wie sie so nebeneinander standen und an dem Heu kauten, fragte plötzlich der Schimmel: «Stimmt es, dass du bei der Krippe stehen und nachher den Christus tragen durftest?»

«Ja, das stimmt», antwortete der Esel mit vollem Maul.

«Warum eigentlich du?», fragte der Schimmel zurück.

«Was meinst du damit?», wollte der Esel wissen.

Da sagte der Schimmel, ganz weiß vor Neid: «Jesus ist doch der Christus, Gott selber, der ein Mensch geworden ist. Und für Gott ist nur das Beste gut genug, sagt der Kaiser. Gott müsste auf dem edelsten Pferd daherreiten, wie ich eins bin – aber doch nicht auf einem blöden, schäbigen Esel. Kannst du mir vielleicht sagen, warum du in der Weihnachtsgeschichte mitspielst und ich nicht?»

Der Esel schluckte noch ein Büschel Heu hinunter, überlegte eine Weile, und dann sagte er zu dem Schimmel: «Ich will dir etwas erzählen. Vor vielen tausend Jahren merkten die Menschen, dass sie ihre Arbeit nicht mehr allein tun konnten; sie wuchs ihnen über den Kopf und war für sie allein zu schwer. Sie suchten sich Helfer und fanden uns Esel. Uns konnten sie Karren ziehen lassen, uns konnten sie schwere Lasten aufladen, und auf uns konnten sie reiten; es gab viele von uns, und wir waren billig zu haben. Da beschlossen die Menschen, uns Esel zu ihren Lasttieren zu machen und uns alles aufzuladen, was sie nicht selbst zu tragen vermochten. Das hörten einige von uns, und sie beriefen eine große Eselsversammlung ein. ‹Die Menschen wollen uns zu ihrem Lasttier machen›, meinten sie, ‹wenn das geschieht, ist es mit unserer Freiheit und unserer guten Zeit vorbei.›

‹Ich bin dafür, dass wir uns weigern›, schlug ein Esel aus Nordafrika vor. Und einer aus Syrien wollte sogar einen Eselsaufstand rund um das Mittelmeer anzetteln. Da aber stand ein Esel aus Sizilien auf und sagte: ‹Liebe Freunde! Die Menschen sind arm dran. Haben viel Arbeit und wenig Kraft. Wenn wir ihnen nicht helfen und ihnen das Schwerste abnehmen, können sie nicht mehr.

Wir wollen uns nicht zu gut sein dafür.› Der Esel aus Sizilien redete einfach und gut und überzeugte alle. Und am Schluss der Versammlung wurde von den Eseln beschlossen, man wolle sich als Helfer und Lasttier für die Menschen zur Verfügung stellen. Und seither sind wir das», sagte der kleine Esel zu dem großen Schimmel Caesar.

«Jaja, ich weiß auch, dass ihr immer die Lastträger für die Menschen gewesen seid, ihr dummen Esel», wieherte Caesar. «Aber was hat das mit der Weihnachtsgeschichte zu tun?»

«Ich stelle mir vor», antwortete der kleine namenlose Esel, «dass wir besser zu dem Kind passen, das an der Weihnacht geboren wurde. Jesus kam ja in einem schäbigen Stall zur Welt und musste nach Ägypten fliehen. Und er wollte, so habe ich in der Weihnachtsgeschichte gehört, nichts für sich sein, nur der Helfer der Menschen. Da sind wir ihm eigentlich ziemlich nahe verwandt.»

Der stolze Schimmel Caesar schwieg; er schüttelte den Kopf, er verstand nichts mehr. Gott kam in die Welt, und anstatt wie der Kaiser auf einem wunderbaren Pferd zu reiten, ritt er auf einem Esel.

Am nächsten Morgen wurde der Esel von seinem Besitzer, dem Gemüsehändler, wieder geholt. «Ich brauche ihn; muss Ware abholen und kann sie nicht alleine tragen», sagte er zum Stallmeister. Der Gemüsehändler setzte sich auf seinen Esel, und sie trotteten davon.

Oft, wenn er den ersten christlichen Kaiser trug, in den Krieg, in einer Prozession oder zur Kirche, musste der stolze Schimmel Caesar an den kleinen, namenlosen Esel denken – und daran, dass Gott nicht auf einem Schimmel, sondern auf einem Esel in die Welt hineingeritten war.

Die Weihnachtsgeschichte des Evangelisten Markus

Ihr wisst natürlich, dass es im Neuen Testament vier Evangelienbücher gibt, von Matthäus, Markus, Lukas und Johannes. Und ihr wisst ja auch, dass jedes dieser vier Evangelien die Geschichte von Jesus erzählt, jedes ein wenig anders als die anderen, wie es bei Geschichten halt geht.

Solltet ihr nun aber einmal die Weihnachtsgeschichte nachlesen wollen und ihr sucht sie in der Bibel und blättert beim Evangelisten Markus herum, dann werdet ihr enttäuscht sein. Denn im Evangelienbuch des Markus gibt es keine Weihnachtsgeschichte. Nichts von Maria und Joseph, nichts vom Stall in Bethlehem, nichts von Engeln, Hirten, Stern und Königen, und vor allem kein Wort von dem neugeborenen Kind. Warum das so ist, das will ich euch erzählen.

Markus war im Jahr 29 nach Christi Geburt in Jerusalem auf die Welt gekommen, eben in dem Jahr, in welchem Jesus auf dem Hügel Golgatha draußen vor der Stadt gekreuzigt wurde. Der Vater von Markus war ein eingewanderter Grieche, der in Jerusalem Handel trieb. Die griechische Religion mit ihren vielen Göttern war ihm verleidet; er hatte Sympathien für die Religion der Juden. Trotzdem hatte Markus seinen griechischen Namen von ihm. Die Mutter von Markus hieß Maria und war eine geborene Jüdin, weshalb Markus mit seinem ersten Namen Jochanaan, Johannes, hieß.

Auch nach der Kreuzigung wurden in der Stadt Geschichten von Jesus erzählt. Der Vater und die Mutter des kleinen Markus hörten sie, und dieser Jesus ließ sie nicht mehr los. Er fesselte sie durch seine Geschichten so stark, dass sie bald zur christlichen Gemeinde gehörten. Da kamen sie von nun an jeden Sonntagmorgen zusammen und hörten Geschichten von Jesus und Predigten über ihn und über Gott. So wuchs Markus in der christlichen Gemeinde auf.

Markus war siebzehn, als ein Mann mit Namen Paulus nach Jerusalem kam, ein beeindruckender Mann, der bald einen großen Einfluss hatte in der Gemeinde, obwohl seine Stimme schwach und seine Gedanken manchmal etwas kompliziert waren. Aber er redete von Jesus wie niemand vor ihm, und was er sagte, ließ keinen kalt. Markus saß oft zu seinen Füßen und hörte ihm gerne zu, und da sein älterer Bruder das Geschäft des Vaters übernehmen wollte, entschloss sich Markus, ein Schüler des Paulus und wie dieser ein christlicher Schriftgelehrter und Prediger zu werden. Markus ging mit Paulus nach Antiochia in Syrien und begleitete ihn von dort aus auf seine große Missionsreise nach Zypern und Kleinasien, hörte zu, wie Paulus die Geschichten von Jesus erzählte und wie er mit jüdischen Schriftgelehrten und griechischen Philosophen diskutierte. Und Markus erlebte, wie die Diskussionen und Streitereien unter den

Christen überhand nahmen, wie jeder besser wissen wollte, was man von Jesus denken und glauben müsse, und wie darüber Jesus selber und seine Geschichten immer stärker in Vergessenheit gerieten.

Als er aber sah, dass die Christen sich nur noch miteinander beschäftigten und einander bekämpften, da kehrte Markus nach Jerusalem zurück. Paulus verstand das nicht und nahm es ihm übel. Aber Markus wollte nicht länger zusehen.

Doch was genau sollte er jetzt tun? Er versuchte zuerst in Jerusalem eine Stelle als christlicher Prediger zu finden, aber er suchte vergeblich. Also ging er nach Antiochia, weil es dort inzwischen viele Christen gab. Bevor man ihn jedoch anstellte, wollte man wissen, wie er es halte mit der reinen Lehre. Bedingung nämlich für ein Amt sei, dass er genau wie der Apostel Paulus predige. Eine zweite Gemeinde in Antiochia, bei der sich Markus auch bewarb, wollte das pure Gegenteil. Nicht paulinisch solle er predigen, sondern petrinisch. Also nach dem Vorbild des Apostels Petrus.

Markus fiel auch in Antiochia zwischen alle Stühle. Die Petriner vermuteten, er sei nicht petrinisch genug; die Pauliner argwöhnten, er habe die Lehre des Paulus nicht verstanden.

«Wichtiger als die Lehren von Paulus und Petrus sind doch aber die Geschichten von Jesus selber», sagte Markus. Da schüttelten die Gemeindevorsteher und Schriftgelehrten den Kopf. «Wie willst du Jesus verstehen können, wenn du Paulus nicht verstehst?», sagten die Pauliner. «Wie kannst du von Jesus Richtiges lehren, wenn du Petrus nicht begriffen hast?», sagten die Petriner. Alle aber fragten: «Die Geschichte von Jesus willst du erzählen? Einfach so erzählen?» Und einer der neuen, eifrigen christlichen Schriftgelehrten, die sich auf Griechisch Theologen nannten, sagte zu ihm: «Hier geht es um tiefe Gottesgelehrtheit und nicht um naives Erzählen. Wenn du Geschichten verbreiten willst, geh auf den Markt.»

Da Markus keine Arbeit als Prediger fand und da er sonst nichts Gescheites gelernt hatte außer zu reden und zu erzählen, fand er den Rat nicht schlecht. Er wurde Geschichtenerzähler auf dem Markt von Antiochia. Es gab viele, und sie erzählten dem Publikum ganz unterschiedliche Geschichten. Orientalische Märchen die einen, Gespenstergeschichten die anderen, Geschichten von Göttern die Dritten. Markus hatte eine starke Konkurrenz, aber er wurde im Erzählen immer besser. Er war zwar nicht der erfolgreichste Geschichtenerzähler auf dem Markt von Antiochia, aber immerhin, wenn er erzählte, saß eine Schar Zuhörer um ihn her. Viele kamen einmal oder zweimal, manche kamen auch jedes Mal, wenn Markus erzählte. Einer von ihnen wollte sogar eine eigene Gemeinde der Markuszuhörer gründen, aber Markus schüttelte den Kopf. «Ich bin der Geschichtenerzähler und bleibe, was ich bin.» Und er erzählte weiter Geschichten von Jesus, und je länger er sie erzählte, desto mehr gerieten sie ihm in eine Reihenfolge, angefangen mit der Taufe und endend mit dem Tod am Kreuz.

Als Markus vierzig wurde – damit war man damals ein alter Mann –, sagte ein junger Zuhörer zu ihm: «Du solltest aufschreiben, was du da erzählst. Wer weiß, wie lang du noch zu leben hast. Schreib's auf, damit es noch viele lesen können.»

Markus wollte zuerst nicht. «Es ist nicht das Gleiche, wenn dir einer erzählt oder wenn du selber liest. Die Geschichten verändern ihren Charakter, wenn sie nicht mehr erzählt, sondern aufgeschrieben werden. Dann kommen die Wortklauber, nehmen alles auseinander, und die Geschichten gehen kaputt», sagte er. Aber der junge Mann lag ihm in den Ohren und bald andere auch, und so machte sich der Erzähler Markus schließlich ans Werk, erschien monatelang nicht mehr auf dem Markt, sondern saß zu Hause und schrieb die Geschichten von Jesus der Reihe nach auf.

In der Stadt Antiochia sprach es sich herum, dass der Geschichtenerzähler Markus ein Buch über Jesus schreibe. Den Theologen und Vorstehern der christlichen Gemeinde war das unheimlich; schon das Geschichtenerzählen auf dem Markt hatte ihnen nur halb gefallen. «Pass auf, was du schreibst. Wenn es nicht die reine Lehre ist, schicken wir dir die Polizei auf den Hals», ließen sie Markus wissen. Aber Markus beruhigte sie. «Ich schreibe bloß die Geschichten auf, die ich schon immer erzählt habe.» Da sagten sie: «Wenn's nur Geschichten sind. Geschichten interessieren uns nicht. Geschichten sind bloß unwissenschaftliches Gerede.»

Nach neun Monaten, genau so lang, wie ein Kind braucht, bis es zur Welt kommt, hatte Markus das Buch fertig geschrieben. Er zeigte es zuerst dem jungen Mann, der ihm mit seinem hartnäckigen Bitten zugesetzt hatte.

«Es ist wunderbar», rief der junge Mann. «Das muss unter die Leute. Wenn du nichts dagegen hast, schreibe ich es ein paar Mal ab.»

So wurde der junge Mann der Verleger für Markus; Markus selbst kehrte auf den Markt zurück und erzählte weiter die Geschichten. Sein Buch aber wurde ein Bestseller. Der junge Mann fertigte Kopie um Kopie an, und sie gingen weg wie warmes Brot. Bald kamen auch Leute von auswärts und wollten das Buch von Markus kaufen. Und sogar die Theologen und Gemeindevorsteher von Antiochia mussten zugeben, dass etwas daran sei, und überlegten, ob es vielleicht sogar für den Gebrauch in der Gemeinde geeignet wäre.

Bevor sie jedoch entschieden, luden sie den Geschichtenerzähler Markus vor.

«Wir haben dein Buch mit den Geschichten von Jesus gelesen; es ist ganz tüchtig gemacht und spricht offensichtlich die Leute an», sagten sie. «Theologisch scheint weiter nichts dagegen vorzuliegen, jedoch haben wir einen schwerwiegenden Einwand. Deinem Buch fehlt etwas Wichtiges. Du hast die Weihnachtsgeschichte vergessen. Oder kennst du sie nicht?»

Markus lächelte, aber nicht respektlos. «Doch, doch, ich kenne die Geschichten von der Geburt Jesu. Es sind ja verschiedene im Umlauf, und ich habe alle auch selber schon erzählt. Aber ihr habt richtig gemerkt: Im Buch habe ich sie weggelassen.»

«Warum das?», fragten die Theologen und Gemeindevorsteher.

Da setzte Markus zu einer Erklärung an: «Seht», sagte er, «es sind die Geschichten von Jesus, die uns den Glauben bringen. Wir hören sie, und im Hören überwinden sie uns und unsere Zweifel und unsere Angst und machen uns getrost und fröhlich. Die Geschichten tragen Gottes Kraft in unser Herz. Jesus selber kommt in ihnen zu uns; in unserem Herzen kommt er gerade noch einmal zur Welt. Glaubt mir, diese Geburtsgeschichte ist wichtiger als die von Bethlehem. Das ist die richtige Weihnacht, wenn die Geschichten von Jesus Gottes Licht in die Nacht unseres Herzens bringen. Zu keinem anderen Zweck erzähle ich ja diese Geschichten auf dem Markt. Dass es Weihnacht wird in uns. Und damit alle, die mein Buch lesen, es merken, habe ich die Weihnachtsgeschichte darin weggelassen. Denn alles, was ich erzähle, dreht sich nicht um die Krippe und den Stern von damals, sondern um die Krippe, die unser Herz ist, und um den Stern, den die Geschichten von Jesus darüber anzünden.»

So sagte der Evangelist Markus, und die Theologen und Gemeindevorsteher hörten es und wackelten mit den Köpfen. Und wir hören es auch: Die Geschichten von Jesus sind der Weihnachtsstern, und unser Herz ist die Weihnachtskrippe, in die Gott seinen Heiland für uns legt.

Das fehlende Kreuz

Nach einer adventlichen Wanderung auf der Schwäbischen Alb kamen wir in ein Dorf und kehrten im Gasthaus ein. Beim Wein schauten wir durchs Fenster auf die alte Kirche, und da sie uns anzog mit ihrem vom Wetter und der Zeit zerschundenen Gemäuer, beschlossen wir, hinüberzugehen.

Es war eine lutherische Kirche, wie auf der Schwäbischen Alb üblich; jedoch vorne, über dem Altar, fehlte das Kruzifix. Kein Kreuz nirgends.

«Man könnte meinen, die seien reformiert», sagte ich.

Meine Frau meinte: «Hier sind sie nicht reformiert; hier sind sie lutherisch.»

«Dann ist es umso erstaunlicher. Warum hängt hier kein Kruzifix?»

Während wir in der offen stehenden Tür ratschlagten, trat ein alter Mann durch den Kirchhof heran, legte eine angebrannte Zigarre auf den letzten Grabstein und wünschte uns guten Tag. Elsbet, meine Frau, die immer dafür ist, dass man die Leute fragt, flüsterte: «Es ist bestimmt der Küster. Fragen wir ihn.» Und bevor ich noch abwehren konnte, erwiderte sie den Gruß des Mannes und sagte: «Das ist doch gewiss eine lutherische Kirche. Wir wundern uns, dass kein Kreuz darin hängt.»

Der Mann schaute uns aus dunklen Augen an und

sagte: «Freili isch des e lutherische Kirch, freili.» Und das mit dem Kreuz, das sei eine alte und lange Geschichte, und eine traurige dazu.

Neugierig geworden, luden wir ihn ein, zu erzählen. Er war nicht abgeneigt, und da er Zeit zu haben schien, kehrten wir mit ihm ins Gasthaus zurück, bestellten zum zweiten Mal eine Flasche aus der Umgebung und hörten dem Küster zu. Draußen lag die Ruhe eines frühwinterlichen Nachmittags.

«Mit dem Kreuz aus der Kirche verhält es sich so», begann der Mann, nachdem wir angestoßen hatten. «Im Dorf hier gab's nie mehr als eine einzige jüdische Familie; seit dem Krieg gibt's keine mehr. Bloch hießen die und waren hier, so lang man sich erinnern kann, waren Viehhändler und hatten dort drüben, jenseits der Kirche, ihr Haus.

Als Hitler ans Ruder kam in Berlin, sagte der Vater Bloch zu seinem Sohn und der Schwiegertochter, sie sollten die zwei Kinder nehmen und so schnell wie möglich abreisen. Das taten sie und gelangten rechtzeitig nach Amerika. Dort hat der Siegfried Bloch wieder mit Vieh gehandelt und ist ein reicher Mann geworden.

Der Alte aber, Julius Bloch, blieb hier. Saß in dem Haus, handelte mit Vieh, solang er noch durfte, und tat, als hätte sich nichts geändert.

Doch freilich hatte sich manches geändert. Vor allem war der Lehrer ein strammer Nazi, und der Postbote wurde eine höhere Charge bei der SA. Die führten sich auf, als gehöre ihnen das Dorf. Zuerst lachten wir hinter ihrem Rücken, dann fürchteten wir sie.

Damals war hier der Pfarrer Schlotzer. Das war ein feiner und gebildeter Mann, der gescheite Predigten hielt, einen Sonntag wie den andern, immer streng über das Kreuz. Man erzählte, dass er besser Hebräisch könne als der alte Bloch, und dass er alle drei Jahre das ganze Alte Testament auf Hebräisch lese.

Der Lehrer und der Postbote und die zwanzig, fünfundzwanzig Jungen, die ihnen nachliefen, ließen die ganzen Jahre den alten Bloch in Ruhe, als es im Reich überall schon die Schikanen gegen die Juden gab. Einmal oder zweimal wurden ihm Scheiben eingeschlagen, und manche, die mit ihm Handel getrieben hatten, hörten damit auf; aber sonst geschah nichts.

Bis dann diese Sache war mit dem Attentat in der deutschen Botschaft in Paris. Sie wissen, der jüdische Junge, der den Botschaftssekretär anschoss. Da schäumte ganz Deutschland Rache, und auch der Lehrer und der Postbote wollten das Ihre dazu tun. Trommelten in der Nacht vom neunten auf den zehnten November ihre Leute zusammen, und es kamen mehr, als sie jemals gehabt hatten, mit Peitschen und mit Fackeln. Die liefen vor Julius Blochs Haus und schrien ‹Juda verrecke› und dergleichen. Sie holten den Alten heraus, zündeten das Haus hinter ihm an und trieben ihn mit Peitschengeknall die Straße hinauf gegen die Kirche.

Sei es nun, dass sie fanden, wenn nur ein Jude da sei,

müsse etwas Besonderes mit ihm geschehen, sei es, dass sie nichts dachten: Vor der Kirche machten sie Halt. Zwei oder drei liefen hinein, zu dem großen Kreuz mit dem Heiland dran, das über dem Altar von der Decke herunterhing. Sie suchten eine Leiter, stiegen hinauf, doch sie konnten die Verankerung nicht lösen; die war mit einem Vorhängeschloss fest gemacht. Da brüllten sie wie am Spieß, und sie kamen zu mir herübergelaufen, da ich damals schon der Küster war, und forderten von mir den Schlüssel zu dem Schloss. Ich hatte wohl einen, doch ich log ihnen vor, ich hätte keinen und sie müssten schon zum Pfarrer gehen. Ich hoffte, sie würden es bleiben lassen, aus Achtung vor Schlotzer, der eine Respektsperson war. Aber sie gaben nicht auf. Als sie an die Tür des Pfarrhofs polterten, da hatte Schlotzer schon erfahren, was sie wollten, und er kam heraus, den Schlüssel in den zitternden Händen. Hatte wohl auch Grund dazu; sie waren so in Wut, dass sie auch ihm das Haus angezündet hätten, wenn er sich geweigert hätte. Also liefen sie wieder in die Kirche, kletterten hoch an dem Kreuz, lösten die Verankerung und kamen mit dem großen Kreuz heraus, fast mannshoch war's, und legten es unter Gebrüll dem alten Julius Bloch auf den Nacken. So ging der Zug aus dem Dorf hinaus. Vorneweg Bloch unter dem Kreuz, der machte keinen Laut, und hinter ihm, schreiend, die Fackeln schwingend und mit den Peitschen knallend, die Horde.

Kaum eine Stunde später waren sie wieder zurück.

‹Was ist mit Bloch?›, fragte einer. ‹Woher sollen wir das wissen?›, riefen die andern trotzig. Sie setzten sich hier ins Wirtshaus und feierten die ganze Nacht. ‹Judenfrei ist das Dorf!›, schrien sie ein übers andere Mal.

Am folgenden Tag, als alles von überall her in der Zeitung zu lesen war, konnte man hören, dass sie im Dunkel vor dem Dorf den Bloch aus den Augen verloren hatten, samt dem Kreuz. Mit einem Mal von der Nacht verschluckt. Uns war allen unheimlich, und erst nach dem Krieg wurde ein Skelett gefunden drüben, wo die Straße in den Wald läuft, und es geht die Vermutung, dass es Blochs sei; jedoch kein Kreuz lag dabei. Und hätte doch länger halten müssen als eines Menschen Fleisch.

Selbstverständlich wollte der Herr Landesbischof sogleich ein neues Kreuz für unsere Kirche machen lassen. Doch Schlotzer, der Pfarrer, weigerte sich. Die Leute sagten jetzt auch, er sei eigenartig geworden, ein bisschen verrückt. Als zehn Tage nach jener Nacht, am ersten Adventssonntag, die Krippe hätte in der Kirche stehen müssen, das Kindlein mit seiner Mutter, und der Joseph und die drei Könige und der Ochs und der Esel und alle Engel, da war sie verschwunden, und Schlotzer tat, als wisse er von nichts. Einem fahrenden Händler habe er sie mitgegeben, wurde geflüstert, und habe nichts dafür genommen; jedoch sagte keiner es laut. Nachts stand er oft auf und legte den Talar an, ging in die Kirche hinüber und predigte den Toten. Für die Lebenden hatte er kaum noch Sinn. Wenn's damals genug rechte

Pfarrer gegeben hätte, wär er gewiss entlassen worden. So blieb er, bis er im Jahr zweiundfünfzig starb, und wollte von keinem neuen Kreuz in der Kirche etwas wissen und von keiner neuen Krippe. Und auch nichts davon, dass an der Kirche etwas gemacht werde. Kein Finger durfte gerührt werden, um sie auszubessern oder neu zu verputzen, solange er lebte. Als er gestorben war, und als doch, im Wirtschaftswunder, alles baute und neu malte und verbesserte, und der neue Pfarrer auch eine neu gemalte Kirche haben wollte mit einem neuen Kruzifix, da gab's einen Widerstand im Dorf, wie wir noch nie einen erlebt hatten. Außer dem Pfarrer und ein paar Neuzugezogenen konnte niemand sich mit dem Gedanken anfreunden, und so ist's geblieben bis heute.»

«Und es gibt kein Kreuz mehr?», fragten wir.

«Nein», sagte der Küster, «und auch keine Weihnachtskrippe. Nur einer könne uns das Kreuz wiedergeben, hat der alte Schlotzer immer gesagt, und das sei der Siegfried Bloch in Amerika. Wenn der zurückkomme und uns eins bringe, dann solle es in der Kirche aufgehängt werden.»

«Und?»

«Man wagte ja nicht, ihn darum zu bitten; wegen seinem Vater nicht und weil er ja ein Jude ist. Jedoch muss er's auf irgendeinem Weg vernommen haben. Zwei Jahre ist's her, dass er dem Bürgermeister einen Brief schrieb und ihm anbot, im Andenken an seinen Vater unserer Kirche ein Kreuz zu schenken.»

«Aber es hängt nicht dort.»

«Nein, hängt es nicht. Der Pfarrer möcht's gern, und andre auch. Doch die Mehrheit will's nicht. ‹Es wird Unglück bringen›, sagen die Leute, und da es uns doch so gut gehe, solle man's nicht beschwören. Sie haben Angst; sie hatten die ganze Zeit Angst, je besser es uns ging, desto mehr. Und als, dreiundsiebzig, in einer Nacht das neue Feuerwehrgebäude niederbrannte, das auf dem Boden von Blochs Haus gebaut worden war, da wuchs die Angst noch. Was soll man dazu sagen? Die Leute haben Angst vor einem kommenden Kreuz. Es ist, als ob sie dem Segen nicht trauten.»

Wir tranken aus, sagten dem Küster Dank und gingen aus dem Dorf hinaus, in die Stadt, zur Bahn. Und während wir aus dem Dorf hinausmarschierten, sahen wir die Lichter angehen in den Häusern, schüchtern und blass erst, als zitterten sie in Furcht und Hoffnung vor dem, was kommt.

Nachwort

Neu sind diese Geschichten nicht; jede wurde schon einmal abgedruckt in einer Zeitschrift oder einem Büchlein. Und viele Male gebraucht, nicht nur von mir. Aber alle waren vergriffen, darum sollen sie noch einmal erscheinen.

Entstanden sind sie allesamt für den Hausgebrauch des Pfarrers. In dieser Profession benötigt man pro Weihnachtsfest zwei oder drei Geschichten zum Vorlesen da und dort. Sie aus Büchern zusammenzusuchen, ist mühsam; man findet kaum jemals das, was passt. Darum beschloss ich vor vielen Jahren, selber Weihnachtsgeschichten zu schreiben. Ich lernte viel dabei, sie fanden Resonanz, also fahre ich bis heute damit fort.

Vor allem lernte ich etwas Entscheidendes über die *biblischen* Geschichten. Denn den biblischen Weihnachtsgeschichten verdankt sich ja doch jede nichtbiblische, und sei's noch so entfernt. Mir liegt an dieser Abkunft viel. Und beim Schreiben von Varianten zu, Spielereien über, auch Ironisierungen von biblischen Weihnachtsgeschichten merkte ich, dass die Bibel sie will. Sie fordert Antwort auf ihre Geschichten, und die ist nicht in erster Linie eine historisch-kritische Analyse oder eine dogmatisch korrekte Auslegung.

Auf eine Geschichte antworten wir normalerweise

mit einer ähnlichen oder charakteristisch unterschiedlichen, aber mit einer Geschichte. Wer's nicht glaubt, setze sich an einen Stammtisch oder spitze die Ohren bei einem Familientreffen. Eine Geschichte ruft die andere, nicht als Fortsetzung, sondern als Antwort. Die Richtung geht also nicht in die Länge und Breite, sondern in die Tiefe; es handelt sich weniger um Ausmalung als um einen Verstehensvorgang. Darum stehen im Neuen Testament die Gleichnisse in Gruppen beisammen. Kaum als Ergebnis von Redaktorenarbeit, eher als Zeichen, wie es halt so geht, wenn eine Geschichte erzählt wird. Und übrigens auch als Hinweis darauf, dass ein Gleichnis dann verstanden und ausgelegt ist, wenn jemand eines aus seinem Erfahrungshorizont als Antwort darauf erzählt.

Biblische Geschichten sind also aus auf Variationen, Spielereien und was es sonst noch gibt. Sie wollen, dass wir auf sie mit unserem ‹Material› nach ihrem Muster antworten. So legen die biblischen Geschichten unsere aus und machen sie zu Indizien der Anwesenheit Gottes in seiner Welt. Wir sind damit mitten in der alten, durch Jeremias Gotthelf zuletzt noch einmal aufgenommenen Lehre von den zwei Büchern, dem des Lebens (oder der Welt) und dem der Heiligen Schrift. Das eine Buch soll durch das andere gelesen und ausgelegt werden. So wird die Bibel lebendig und hört auf, papieren zu sein, und das Leben bekommt Verheißung und hört auf, trostlos zu sein.

Das freilich bedingt einen anderen als den üblichen Begriff von Heiliger Schrift. Meistens wird vorausgesetzt, dass, was in der Bibel stehe, von einem Schutzzaun umgeben sei und nicht berührt werden dürfe. Solcher Vorstellung widerspricht schon der Gebrauch der Bibel als Text zur Predigt. Was ein rechter Prediger ist, presst, schlägt, mahlt, knetet, walkt seinen Text, dass es nur so knirscht und spritzt; schmeißt ihn, nach Luther, an den Felsen Christus, damit die harte Nussschale zerbirst und der süße Kern herauskommt. Von einem Sträußchen Rührmichnichtan kann also keine Rede sein.

Erst recht nicht im ersten und letzten Verstehen der Bibel, dem Erzählen meiner Geschichten als Antwort auf die biblischen. Was in der Heiligen Schrift geschrieben steht, will aufgegriffen, in die Hände genommen, verformt, als Spielmünze eingesetzt, gemörsert und gekeltert werden, damit es seine Kraft entfalten kann. Die Geschichten der Heiligen Schrift sind also dem Weizenkorn vergleichbar und der Traube – und damit dem, der sich mahlen und keltern ließ, um sich unter der Gestalt von Brot und Wein von uns finden zu lassen.

Dabei weiß ich, dass die Bibel nicht aus Geschichten allein besteht. So wahr ein Gleichnis Jesu nicht nur eine Geschichte ist, sondern eine Geschichte mit Fingerzeig: Die Herrschaft Gottes ist gleich dem Mann, der einen Schatz im Acker fand. Wie das einzelne Gleichnis, so die ganze Schrift. Die Variationen der biblischen Geschichten greifen das in der Variation ein Stück weit von selber auf. Trotzdem sollte ich als Variationenerzähler und Geschichtenspieler nicht vergessen, dass in der Heiligen Schrift die Geschichten nie für sich allein, sondern immer mit Fingerzeig geschrieben sind. Auch darin ist die Bibel Norm, nicht zuletzt stilistische.

Gott lässt in ungeschützt weltlichen Geschichten – und die biblischen sind weltliche Geschichten, was wir in falscher Pietät gern unterschlagen – und nicht anders von sich reden, weil er sich mit der Welt in unauflöslicher Ehe verbunden hat, da er sie liebt. Deshalb ging er auf Reisen, auf Brautschau sozusagen. Darum ist er der liebe Gott. Von keinem andern reden die biblischen Weihnachtsgeschichten. Und deutlich genug diese sich den biblischen verdankenden und hier wieder vorgelegten hoffentlich auch.

Ulrich Knellwolf

Inhalt

Die hier versammelten Weihnachtsgeschichten von Ulrich Knellwolf wurden abgedruckt in seinen Büchern *Ein roter Teppich für den Messias. Weihnachtsgeschichten.* Zürich 1989; *Im Taxi nach Bethlehem. Geschichten zur Weihnacht.* Berg am Irchel 2000; *Der Zuckerbäcker von Bethlehem. Geschichten zur Weihnacht.* Berg am Irchel 2002.

Ulrich Knellwolf
Tod in Sils Maria
17 üble Geschichten
Erweiterte Neuausgabe.
160 Seiten, gebunden
ISBN 3-312-00343-1

Mit *Tod in Sils Maria* wurde Ulrich Knellwolf als Krimiautor berühmt. Die Sammlung von gnadenlos spannenden Kurzkrimis voll überraschender Pointen und unheimlicher Atmosphäre gilt heute als Klassiker der Kriminalliteratur. Für die Neuausgabe hat der Autor weitere ‹üble Geschichten› verfasst: Erneut harren im Umfeld eines Nobelhotels in Sils Maria mysteriöse Todesfälle ihrer Aufklärung.

«Da grüßen Albert Camus, der große Prophet des Absurden, und der große Friedrich Dürrenmatt mit seinem keineswegs nur literarisch gemeinten Gesetz, dass eine Geschichte erst dann zu Ende ist, wenn sie die schlimmstmögliche Wendung genommen hat.» *Der Spiegel*

N & K